ベリーズ文庫

スパダリ職業男子
～航空自衛官・公安警察官編～
【ベリーズ文庫溺愛アンソロジー】

STARTS
スターツ出版株式会社

目次

潜入捜査と恋の罠

エリート航空自衛官の強引なプロポーズ
～一途な愛情を注がれてもう逃げられません～

惣領莉沙

第一章　救い出してくれたヒーロー

八月半ばを過ぎた仙台《せんだい》は比較的涼しく、夏らしい暑さもピークを越えたようだ。

水瀬彩乃《みなせあやの》は開梱《かいこん》して空になった段ボールを部屋の隅にまとめ、ホッとひと息ついた。

昨日都内から引っ越してきて、今朝《けさ》も早くから片付けに追われていたのだ。

新居は十階建ての新築マンションで最寄り駅から徒歩五分圏内。オートロックも完備されているので女性のひとり暮らしには安心だ。

見晴らしがいい最上階を借りることができて、さらに気持ちが盛り上がっている。

昨日と今日で家電や家具を設置し掃除を済ませた、白を基調にした1LDKの明るい室内を彩乃は眺めた。

一カ月ほど前に一年の期間限定で仙台への異動が決まってからというもの、仕事の引き継ぎや家探しなど忙しい日々が続いていたが、これでひと区切り。

新しく始まる生活を楽しめそうだ。

「ふたりとも忙しいのに、ありがとう」

彩乃は二日続けて手伝いに駆けつけてくれた姉夫婦に、軽く頭を下げる。

姉の希和《きわ》は身長百六十センチの華奢《きゃしゃ》でスラリとしたスタイル。色白で小さな顔に二重まぶたの丸い瞳が印象的な美人だ。ひとつにまとめた長い栗色の髪が、背中で艶《つや》やかに揺れている。

希和より七歳年下で二十八歳の彩乃は希和とほぼ同じ身長で、スタイルや佇まいもよく似ている。顔立ちは彩乃の方が多少丸顔で愛らしく、黒目がちで大きな瞳と口角が上がった形のいい唇が周囲からの目を引いている。

「いいのいいの。彩乃がこっちに越してくるって聞いてから楽しみにしてたのよ。おまけにここはうちから近いし、困ったことがあったら遠慮せずに言いなさい」

「ありがとう。姉さんたちに迷惑はかけないつもりだけど、なにかあったら頼らせてもらうね」

彩乃はにっこり笑い、額に浮かんだ汗をタオルで拭《ぬぐ》った。

姉の恩田《おんだ》希和とその夫の貴志《たかし》はここから車で十分ほどの場所に住んでいて、今回の彩乃の仙台赴任を手放しで喜んでいる。

幼少期に母を、そして二十歳の時に父を亡くしていることもあり、希和は彩乃にとって母親のような存在。自分のことは二の次で彩乃を愛し面倒を見てくれた彼女には感謝ばかりだ。

長く希和にとっての最優先は彩乃で、彩乃が大学を卒業し大手住宅メーカーの『如月《きさらぎ》ハウス工業』に就職したのを機に、学生時代から付き合っていた貴志と結婚した。今日はママ友に預けている三歳の娘とともに幸せに暮らしている。

「お昼は引っ越し祝いを兼ねてお店を予約してるから、そろそろ出かけようか」

希和はエプロンを外し、貴志と顔を見合わせて頷いた。

「ここから車で二十分くらいかな。仙台駅から少し歩いたところにある人気のレストランなの。彩乃が好きなハンバーグが美味《おい》しいのよ」

「ハンバーグ？　ありがとう。大好物だから、楽しみ」

彩乃は声を弾ませ、準備を急いだ。


貴志が運転する車で訪れたのは『グリル・おきた』というレストランだった。レンガ造りの外観が目を引く立派な店構え。人気店というだけあり広い店内は混んでいて、十以上あるテーブル席も数少ないカウンター席もすべて埋まっている。

「いらっしゃいませ。お待ちしておりました。お部屋をご用意していますので、こちらへどうぞ」

店内に足を踏み入れてすぐ、希和と貴志に親しげな笑みを浮かべた六十代前半くらいの男性が奥へと案内してくれた。整った見た目で、話しやすい印象だ。

「仙台へようこそ。店長の沖田《おきた》です。恩田さんからお聞きしていますが引っ越しでお疲れですよね。当店自慢の料理をご用意しましたので、ゆっくりしてください」

「あ、ありがとうございます」

ここに来る車の中で聞いた話によると、店長の沖田健二《けんじ》は自動車販売の営業をしている貴志の顧客で、貴志が三年前に仙台に赴任して以来、家族ぐるみの付き合いを続けているそうだ。

今日も彩乃の引っ越し祝いだと聞いて、優先的に個室を用意してくれたらしい。

「すごく美味《おい》しい」

彩乃は希和おすすめのハンバーグをひと口食べ、あまりの美味しさに目を丸くする。

「でしょう？　ここで初めて食べた時からずっと彩乃に食べさせたかったのよ」

彩乃は希和の満足そうな声に笑みを返す。

母親代わりとして彩乃だけでなく亡くなった父の面倒も見てきたしっかり者で逞《たくま》しく、そして誰よりも優しい希和を彩乃は尊敬し、目標にしている。

「あ、このポテトサラダも美味しいよ。少し酸味が利いていて彩乃も気に入ると思う」

向かいの席から聞こえる希和の弾む声に、彩乃は目尻を下げた。

「このかにクリームコロッケも美味しそう。好きなものばかりでワクワクする」

「彩乃ちゃんのことを沖田さんに話したら、特別に彩乃ちゃんの好物でいっぱいのセットを作るって言ってくれたんだ」

希和の隣で料理を楽しんでいた貴志が、人のいい笑顔で口を開く。

「じゃあ、これって私のための特別メニューなの？」

「そうだよ。もともと創作料理とか新しいセットメニューとかを考えるのが好きな人なんだ」

「素敵なお店だね。会社からも遠くなさそうだし、ちょくちょく来ようかな」

彩乃は希和たちの気遣いと沖田の優しさに、胸が温かくなるのを感じた。

一年間とはいえ土地勘がなく知り合いが少ない仙台への異動は正直不安もあったが、多少気持ちが楽になった。

「失礼いたします」

彩乃が料理をほぼ食べ終えた時、部屋のドアがノックされ、声が聞こえた。

「デザートをお持ちしました」

ドアが開くと、男性がワゴンを押して入ってきた。

店の名前が刺繍《ししゅう》された黒いエプロンを身につけているところを見ると、店員のようだ。

三十代前半くらいだろうか、百八十センチ以上はあるに違いない長身で、細身ながらも肩幅が広く、半袖のシャツから覗《のぞ》く腕には筋肉がバランスよくついている。

飲食店で働いているからか髪は短く揃えられていて清潔感があり、切れ長で二重の目と形のいい薄い唇。その端整な顔立ちに、彩乃は目を奪われた。

「藤吾《とうご》君、久しぶりだね」

貴志の声に彩乃は我に返る。いきなりまじまじと見つめてしまい、申し訳なさと恥ずかしさでそっと目を逸《そ》らした。

「お久しぶりです。おふたりともお元気そうですね」

藤吾と呼ばれた店員は、親しげに貴志に声をかけている。希和や貴志と顔見知りのようだ。

彩乃はその整った容姿を改めて見てドキリとする。

「藤吾君にも紹介しておこうかな。彼女が希和の妹の彩乃ちゃん。昨日こっちに越してきたばかりなんだ」

不意に名前を呼ばれ、彩乃は慌てて姿勢を正す。

「水瀬彩乃です。初めまして」

「初めまして。沖田藤吾です。貴志さんと希和さんには父がいつもお世話になっています」

甘さが混じる藤吾の低い声が耳に心地よく、彩乃はふっと口元を緩めた。

「いえ、こちらこそ姉たちがお世話になっています……え、父？　それに沖田って……」

ふと藤吾の言葉が気になり、彩乃は首を傾《かし》げた。

「藤吾君は店長の息子さんなんだよ」

貴志が説明する。

「息子さん……あ、あの」

彩乃は立ち上がり、目の前の男性を見上げる。

「今日は色々お気遣いいただきありがとうございます。どのお料理もとても美味しかったです」

わざわざ彩乃の好物ばかりを用意してくれた優しさがありがたく、彩乃は深々と頭を下げた。店長だけでなく、藤吾も今日のために動いてくれたに違いない。

「とんでもないです。父はお客様を喜ばせるのが趣味のような人なので、今日も朝から張り切って準備していましたよ。いつも仲良くしていただいている恩田さんの妹さんとなれば、なおさらです」

藤吾はなんてことのないように答える。

「そうなんですか……でも、とにかくありがとうございました。また、うかがいます」

藤吾の眼差しと声音《こわね》があまりにも優しくて、彩乃はどぎまぎ答える。

住宅メーカーの設計担当という職業柄、顧客と話す機会はそれなりにあるが、姉を安心させたくて勉強と仕事に邁進《まいしん》してきた結果、恋愛経験ゼロでプライベートでの男性との関わりには慣れていない。

おかげでこういう時にうまく対応できない自分がもどかしい。

「親子揃って背が高くてカッコいいから、ふたりを目当てに店にやってくる客も少なくないみたいだよ。まあ、藤吾君の場合はなんといってもブル――」

「あの、それって、もしかして……？」

貴志の言葉を遮り、希和がワゴンに視線を向け藤吾に尋ねた。

見るとワゴンの上段に丸く大きなデザートプレートがある。中央の丸いチョコレートケーキを囲んで色とりどりのフルーツがたくさん盛りつけられ、アイスやムース、そして生クリームがデコレートされている。

彩乃はプレートにチョコペンで描かれているメッセージに気付き、目を丸くした。

プレートに〃ようこそ彩乃ちゃん〃と描かれているのだ。

「父からのささやかなサービスです。仙台にようこそという気持ちを込めて用意したと言っていました」

「あ……ありがとうございます」

彩乃は声を詰まらせる。好物ばかりを用意してもらえただけでも感激で胸がいっぱいだが、こんなうれしいサプライズまで。

「彩乃、よかったね」

興奮気味の希和の声に彩乃は頷いた。

「それにしても沖田さんにはいつもびっくりさせられるわね。今回のこともノリノリだったし。あ、アイスが溶ける前に写真を撮っておこうよ」

希和はそう言うが早いかスマホを手に立ち上がり、デザートプレートの写真を撮り始めた。

「あ、彩乃もそこに立って。ほら早く」

「え、え、ここ?」

「そうそう。あ、せっかくだからプレートを抱えて」

せっかちな希和の声に急《せ》かされるがまま、彩乃は両手でプレートを持ち希和のスマホに顔を向けた。見た目以上に重いプレートに、店長の気遣いをいっそう強く感じる。

「あ、藤吾君も隣に並んで。記念だからふたりの写真を撮っておくね」

「え?」

希和の指示に彩乃は驚くが、見るといつの間にか藤吾が隣に並んでいる。希和の勢いには逆らえないとあきらめたのだろう、微かに肩を揺らし笑っている。

「あの、すみません」

彩乃は慌てて藤吾に頭を下げる。

「姉っていつも思い立ったらすぐに動くタイプで」

「いえ、いいですよ。写真なら慣れてますから」

「あ、はい」

彩乃は藤吾の言葉に納得する。これだけ見た目が整っていれば、彼を目当てに店を訪れる客は多いだろう。写真を頼まれることにも慣れているのかもしれない。

「彩乃、こっち向いて」

「あ、うん」

張り切る希和の声が、部屋に響く。

店は忙しい時間帯だ。とりあえず早く写真を撮って藤吾を解放してあげなければと、彩乃は希和のスマホに顔を向けた。

「しばらく会わない間に綺麗になったわねー。さすが私の自慢の妹。はい、笑ってー」

「なにを言って……」

昔と変わらずテンション高めで明るい希和につられ、彩乃は頬を緩めた。

「彩乃さん」

希和と貴志が張り切って写真を撮っている中、不意に耳元に藤吾の声が聞こえた。

少し低めの声が吐息とともに聞こえてドキリとしつつ、彩乃は遠慮がちに顔をそちらに向ける。

すると藤吾はクスリと笑い、まっすぐ彩乃を見つめた。

「仙台にようこそ、彩乃さん」

甘く優しい藤吾の声に、彩乃の胸は大きく高鳴った。


グリル・おきたでの食事を終えた後、彩乃は自宅まで車で送るという希和たちに遠慮し、電車で帰ることにした。

娘とこれ以上離ればなれにするのは申し訳ないと思ったのだ。

希和たちの車を店の前で見送り、彩乃は仙台駅へと向かう。

スマホを見ると時刻は十五時。店で過ごしたのは二時間ほどだったが、忘れられない楽しい時間になった。料理はどれも美味しく、サプライズのデザートプレートはこれまでになく感動した。

それに、と彩乃は藤吾を思い出す。

店を出る間際に店内を見回したが彼の姿はなく、思いの外がっかりしている自分に驚いた。

恋愛経験ゼロでプライベートで親しい男性もいないせいで、気持ちが高ぶっているのかもしれない。あれだけ端整な容姿の男性から優しく声をかけられれば、意識してしまうのは仕方がない。

彩乃は自分にそう言い聞かせ、気持ちを落ち着けた。

「そうだ、確か……」

仙台駅に着いた彩乃は、近くに住宅展示場があったはずだと思い出した。

如月ハウス工業で設計を担当している彩乃は、個人客から受注した住宅の設計と並行して、住宅展示場に建設するモデルハウスの設計を何度か担当したことがある。

モデルハウスは会社の一番の宣伝材料とも言え、建設にはかなりの予算が組まれる。家具や装飾品も見栄えがする逸品を用意することが多く、一度は担当してみたいと希望する設計担当がほとんどだ。

　そんな中、これまで担当したモデルハウスの評判と集客率が抜群の彩乃に、来年仙台市内に新しくオープンする住宅展示場のモデルハウスの設計が任された。

　展示場オープンまでのたった一年という期間限定で。もちろん仙台支店に在籍する設計担当との共同作業だが、背負う責任とプレッシャーは大きい。

　いよいよ明日から仙台支店での勤務が始まるので、彩乃はその前に住宅展示場を見学しておこうと決めた。

「えっと、こっちが駅だから……あっちかな」

　彩乃は仙台駅から市内中心部に向かうペデストリアンデッキの上で、スマホを片手に首をひねる。

　地図アプリで見ると、住宅展示場までは迷わず行けば徒歩十分ほどの距離のようだ。

　彩乃はスマホの画面を確認しながら、人通りの多いデッキをゆっくり歩き始めた。

「あの、もしかして道に迷ってますか？」

「え？」

　歩き始めてすぐに背後から声をかけられ、彩乃は足を止め振り返った。

「さっきからスマホを見ながらキョロキョロして歩いてるから、迷ってるのかなって」

学生だろうか、白いシャツとブラックジーンズ姿の若い男性が、彩乃に愛想のいい笑顔を向けている。

「どこに行くの？　よかったら案内しようか？」

「あ、大丈夫です」

いきなり距離を詰められ、彩乃は思わず後ずさる。

「遠慮しなくていいのに。俺、この辺りは詳しいし、案内するよ」

「いえ、迷ってるわけじゃないので、お気遣いなく」

「そうは見えないけど？」

男性はさらに彩乃に近付き、にっこり笑う。嫌がられていることに気付いていないのだろうか。

「だったらまずは食事にでも行こうよ。美味しいものでも食べて、その後ゆっくり付き合ってあげるし。そうしよう」

彩乃の戸惑いを無視し、男性はさらに強引に迫ってくる。

「食事なら済ませたばかりなので結構です。急いでますので、失礼します」

彩乃はそう言って素早く背を向けた。

男性に声をかけられることなど滅多になく、どう対応していいのかわからない。ひとまずこの場を離れようと足を速めた途端、突然腕を掴まれた。

「あ、あの」

振り返ると、男性が不服そうな顔で彩乃を引き留めている。

「急いでるなんてもったいぶらずに、食事くらい付き合ってくれてもいいだろ？」

「そんな、もったいぶってないし……離してください」

掴まれた腕を振り払おうともがくが、男性の力には敵《かな》わない。

一向に引き下がらない男性を前に、このままだと強引にどこかに連れていかれそうだと不安が頭をよぎったその時。

「彩乃」

背後から名前を呼ばれたと同時に伸びてきた手が腰に回され、彩乃の身体は一瞬で男性から引き離されていた。

「な、なに……？」

気付けば力強い腕に包み込まれている。

突然のことに彩乃はなにが起きたかわからず、その場に呆然と立ち尽くす。

「悪い。待たせたか？」

「え……？」

甘く優しい声。少し息が上がっているが、聞き覚えがある。

彩乃はおずおずと顔を上げ、目を見開いた。

「あ、あの……？」

すぐ目の前で彩乃を心配そうに見つめているのは、藤吾だ。これは夢かなにかかと混乱する。おまけに全身をすっぽり包み込むように抱きしめられているこの状況をまったく理解できない。

「……あの、沖田さん、どうしてここに――」

「遅れて悪かった。で、この男性は彩乃の知り合いなのか？」

彩乃の言葉を遮り、藤吾は厳しい視線を目の前の男性に投げかける。

すると、男性はそれまでの高圧的な様子から一変、オロオロし始めた。自分よりもかなり年上だとわかる、そして十センチ以上背が高い藤吾を前に、怖じ気づいているのかもしれない。

「いえ、知り合いじゃありません……」

「そ、それはっ、あの、俺はただ」

男性は彩乃の言葉にぴくりと反応し、慌てて口を開いた。

「彼女が道に迷ってるみたいだから声をかけただけで、別になにも。親切のつもりで」

声高に弁解する男性に藤吾は「へえ」と呟き、にっこり笑った。

「親切か。だったら、俺がいるからもうその必要はない。わざわざありがとう」

丁寧な口ぶりながらも相手を威圧するような藤吾の言葉に、男性の顔色が変わる。

「じゃ、じゃあ。俺はこれで」

男性は強張《こわば》った笑みを浮かべくるりと背を向けると、慌てて走り去っていく。

彩乃は人混みを縫って走る後ろ姿を眺めながら、ホッと息をついた。

腕を掴まれた時にはどうなることかと不安でたまらなかったが、意外にあっさり引き下がった。それは間違いなく藤吾のおかげだ。

「あの、ありがとうございました」

藤吾がいなければ、まだあの男性につきまとわれていたはずだ。彩乃は藤吾の胸に手を置きそっと距離を取ると、深々と頭を下げた。

「いや。大したことじゃありません。それより、かなりしつこい男のようだったけど大丈夫でしたか？」

「はい、大丈夫です。沖田さんが助けてくれたおかげです。本当にありがとうございました」

心配する藤吾に彩乃は笑顔を返した。同時に、背中に回されていた大きな手がすっと離れ、思いがけず頼りない気持ちになる。おまけに遠ざかる腕を目で追いかけてしまい、心臓はバクバクと音を立て始めた。

藤吾は男性を追い払うために〝彩乃〟と呼び捨てにしたり抱き寄せたりしただけで、深い意味はない。

彩乃は必要以上に意識している自分が恥ずかしくて、藤吾から視線を逸らした。

「彩乃さんが男に絡まれているのを見た時は慌てましたが、なにもなくてよかったです。それより、恩田さんたちと一緒に帰らなかったんですか？」

「はい。姉たちにこれ以上時間を取ってもらうのは申し訳ないので、私は電車で帰ろうと思って」

彩乃は気持ちを切り替え、平静を装い答えた。

「それで駅に来たら、さっきの男に声をかけられたってことか」

藤吾は小さく呟くと、男性が走り去った方にチラリと視線を向けた。

「だったら」

しばらく考え込み、藤吾は再び口を開く。

「越してきたばかりで土地勘もないですよね。迷惑でなければ家まで送りましょうか？」

「えっ？」

予想外の言葉に驚き、彩乃は瞬《まばた》きを繰り返す。

「もしかしたら、さっきの男とまた顔を合わせるかもしれないし、別の男に声をかけられるかもしれない。もし嫌でなければ、送らせてください」

「送る……」

彩乃は藤吾の言葉をぼんやり繰り返す。藤吾の目も声も真剣で、冗談を言っているようには思えない。

今日初めて会ったばかりの彩乃のために、しつこい男性から助けてくれたり今もわざわざ家まで送ると言ってくれたり。

お店での希和や貴志とのやり取りを見ていても感じたが、とても優しい真面目《まじめ》な人のようだ。

端整な見た目以上の魅力を感じ、彩乃はつい藤吾の申し出に頷きそうになった。

「ご自宅を知られたくないなら、無理にとは言いませんが」

つい黙り込んだ彩乃を気遣うように、藤吾は言葉を続けた。

「いえ、そんなことは考えていません。でも電車で二十分程度ですし、ひとりで帰れます。それに実はこれから行きたい場所があるんです」

藤吾の心配はありがたいが、これ以上迷惑はかけられない。

今は藤吾にとってディナータイムまでの束の間の休憩時間なのかもしれず、その貴重な時間を提供してもらうのは申し訳ない。

「行きたい場所？」

藤吾は彩乃の言葉に反応し、首を傾げる。

「はい。この近くに住宅展示場があるので、覗いてみようと思っていて。あ、私住宅メーカーで働いていて……ここです」

彩乃は握りしめていたスマホの画面を確認する。男性に声をかけられた時に見ていた地図アプリが表示されたままだ。

「住宅展示場ですね。ここなら今から行こうとしていた店の方向なので案内しますよ。ちなみに駅を挟んで向こう側です」

藤吾は彩乃のスマホを見ながらそう言うと、彩乃が向かおうとしていた方向とは逆に歩き始めた。

「ありがとうございます。すみません」

実は地図を見るのが得意でない彩乃は、恐縮しながら藤吾の後を追った。

駅から歩いて十分ほどの場所にある住宅展示場は、多くの来場者で賑《にぎ》わっていた。

全十二棟のうち、一棟は彩乃が勤務する如月ハウス工業のモデルハウスで、管轄する営業部の社員たちが対応している。他のモデルハウスも盛況で、彩乃も最近気になっている競合会社のモデルハウスを何棟か見学した。


「今日はありがとうございました」

彩乃はカウンター席に並んで座る藤吾に礼を伝える。

藤吾は住宅展示場まで案内してくれただけでなく、興味があると言って一緒に見学したのだ。展示場を後にした時には十八時を過ぎていて、夕飯を一緒にどうかと誘われ、藤吾がもともと行くつもりでいたという仙台駅近くのカフェバーにやってきた。

ビルの地下にあるウッド調の店内は広く、雰囲気のあるほの暗い照明の中、ゆったりとした時間が流れている。

彩乃は藤吾から誘われた時、初対面の男性とふたりきりで食事に行った経験がなく悩んだが、今日のお礼をしなければと思い、ついてきたのだ。

「楽しかったですよ。今まで行く機会がなかったから、ワクワクしたし」

表情を緩ませ生き生きと話す藤吾に、彩乃はホッと胸を撫《な》で下ろす。

男性に絡まれた直後の彩乃を心配して、無理に付き添ってくれたのかもしれないと考えていたが、楽しんでくれたようだ。

ふたりでまとまった時間を過ごしたせいか、お互いに多少砕けた口調で話せるようになったのもうれしい。

「親子連れが多いのは想像していたけど、若いカップルがあれほど多いのには驚いた」

「実は住宅展示場はデートスポットとしても人気なんです。新しい家を見学しながら将来を語り合うシチュエーションがいいみたいで」

「俺たちも、ハウスメーカーの人にそう思われてたね」

藤吾はおもしろがるように言って、手元のグラスに残っていたアイスコーヒーを飲み干した。

「営業の人が気を利かせて俺たちの写真も撮ってくれたのにはびっくりした。さすが営業って感じで自然に切り出されて断れなかったよね」

「あの営業の方、サービス精神にあふれてましたよね」

見学のために立ち寄ったハウスメーカーの担当者は、彩乃たちを結婚間近のカップルだと勘違いしていた。スマホでモデルハウス内の写真を撮っている彩乃を見て、記念だと言いながら彩乃のスマホで藤吾とふたりの写真を撮ってくれたのだ。

年齢的にそう思われてもおかしくないのはもちろん、なにより藤吾が見学を楽しんでいたので、勘違いされても当然かもしれないが。

「見学だけのつもりだったんですが、沖田さんがいてくれたおかげで営業の方からスムーズに話を聞くことができて、資料ももらえました。ありがとうございます」

恐縮する彩乃に、藤吾はクスリと笑う。

「役に立てたならよかった。俺の方こそ楽しめたよ」

「そう言っていただけると……。とにかく助かりました」

これまで同業他社のモデルハウスを見学したことは何度もあるが、ひとりだと同業者が商品の調査に来たと怪しまれて質問をはぐらかされるだけでなく、カタログを求めても断られることが多い。

今日もそれを覚悟していたが、藤吾がいてくれたおかげでひやかしだと警戒されることなく情報収集でき、有意義な時間を過ごせた。

「見学に集中できて欲しい情報も手に入ったので、仕事にも生かせそうです」

「いきなり仕事のスイッチが入ってかなり突っ込んだ質問をしてたよね。天井高が高い理由はなんだとか、外壁の断熱材がどうのこうのって。よほど仕事が好きなんだな」

藤吾は感心するようにそう言って、彩乃を見つめた。

「そうなんです。この一、二年で仕事の楽しさがようやくわかってきました。家づくりは人を幸せにできる仕事だなって……あ、逆に、難しく考えすぎて悩むことも増えましたけど」

藤吾の視線が照れくさい。彩乃はそっと顔を背け、トマトサラダを口にした。

「家具にも詳しいの？　モデルハウスでも結構写真を撮ってたよね」

藤吾がふと思い出したように問いかける。

「詳しいかどうかはわかりませんが、好きなんです。とくに小関《こせき》家具が大好きで、ショールームに通って新作のチェックをしたりしていて。職人の手が存分に入っていて頑丈で長く使えるのでおすすめですよ。今回担当するモデルハウスにも置きたいと思っているんです。……あ、すみません」

大好きな小関家具のこととなると、つい饒舌《じょうぜつ》になってしまう。

小関家具は創業七十年を誇る老舗《しにせ》で、生産の多くの工程を技術ある家具職人の手で行う有名家具店だ。

安価な外国製品が売り上げを伸ばす中、質の高いものを長く使ってほしいという創業者の熱い思いを引き継ぎ、今も大勢の職人の手によって商品が作られている。

「ここ、お料理も美味しいですけど、お酒の品揃えもよさそうですね」

話題を変えるように、彩乃は声をかける。

店に来て以来、藤吾はアルコールをいっさい口にせず、軽い料理を楽しみながら炭酸水を飲み、今はアイスコーヒーだ。

「あの、私はお酒が苦手なんですが、沖田さんは気にせずに飲んでくださいね」

カウンター奥の棚にはたくさんのボトルが並んでいる。酒には詳しくないが、稀少なものもありそうだ。

「あ、もしひとりで飲みたいなら、私は先に帰りますからゆっくりと――」

「そうじゃないんだ。ただ、今日はやめておくよ。明日早いから」

「……明日？　あっ」

あっさり答える藤吾に、彩乃はふと気付く。

「お店ですか？　モーニングも人気だと姉から聞きました。だったら朝は早いですよね」

人気のレストランとなれば、朝も忙しいだろう。

「やっぱりそう思ってたんだな」

ひとり納得している彩乃に、藤吾は苦笑する。

「そう……って？」

「今日はたまたま店を手伝っていただけで、普段はノータッチ。だからモーニングは関係ないよ」

藤吾はそう言って肩を竦《すく》める。彩乃の勘違いをおもしろがっているようだ。

「お店にはノータッチ？　だったら沖田さんのお仕事って……？」

戸惑う彩乃に、藤吾は笑みを深める。

「パイロット」

「えっ？」

想定外の答えに、彩乃は目を丸くする。今の今までレストランで働いていると思っていたのだ。黒いエプロンも似合っていた。

「パイロット……そうだったんですね」

レストランの店員とはまるで毛色の違う職業だ。

「だったら確かにお酒はダメですね。友達の旦那様が国際線のパイロットで、スタンバイの時はお酒が飲めないから自分も付き合って飲まないって言ってました」

民間機のパイロットをしている男性を夫に持つ友人を思い出し、彩乃は納得するように呟《つぶや》いた。

「いや、違うんだ。俺は――」

「あ、すみません。なにかメッセージが届いたみたいで。姉からかも……」

不意に隣の席に置いていたバッグの中からスマホの振動音が聞こえ、彩乃は藤吾に謝りながらスマホを取り出した。父を亡くしふたりきりの家族となった時に、緊急時には相手を頼るしかない場合もあるので、互いの連絡はなるべく早く確認しようと決めたのだ。

藤吾を気にかけながらメッセージを確認すると。

【迷わずにちゃんと帰れた?】

「あっ」

彩乃は希和からのメッセージに思わず声を漏らした。多少方向音痴な彩乃を心配する希和から、帰宅後連絡をするようにと言われていたのをすっかり忘れていた。

思いがけず藤吾と過ごすことになり、それどころじゃなかったのだ。

「なにかあった?」

藤吾の心配する声に、彩乃は気まずさを隠しつつ顔を上げる。

「いえ、大したことではないんです。無事に家に帰れたのか、姉が気にしているだけで」

彩乃はなんてことないように答えながらも、どう返事するべきか困る。

まだ帰っていないと正直に伝えるべきだろうが、その理由を聞かれて嘘はつきたくない。かといって藤吾と一緒にいると正直に話すのもためらってしまう。

「俺が自宅まで送るから、安心していいと返事しておけばいいよ」

「そんな。大丈夫です、ひとりで帰れます」

彩乃は両手を胸の前で何度も振って断る。

今日、藤吾には散々世話になっている。この上家まで送ってもらうのは図々しい。

「ありがとうございます。でも、ひとりで大丈夫です」

明日仕事で早いのならなおのこと、藤吾に頼るわけにはいかないだろう。

「だとしても、ひとまず俺と一緒だと返事を送ってお姉さんを安心させた方がいいんじゃないか？　今も返事を待ってるだろうし」

「それも……そうですね」

彩乃は迷いながらも藤吾と一緒だから大丈夫だと、希和に返事を送った。

「あ」

すぐに既読の表示がつき、続けてメッセージが届いた。

「写真が……お店で一緒に撮った写真が届きました」

希和から送られてきたのは、昼間グリル・おきたで藤吾と一緒に撮った写真だった。

彩乃は遠慮がちにスマホの画面を藤吾に見せる。

緊張し強張った笑顔の彩乃と、優しく爽《さわ》やかな笑みを浮かべる藤吾。

やはり黒いエプロンが似合っていて、どう見てもカフェのイケメン店員だ。まさかパイロットだったとは、意外すぎる。

「父に彩乃さんがそのデザートプレートを気に入ってくれたと伝えたら、喜んでたよ」

「こちらこそ、わざわざ用意していただいてうれしかったです」

食べるのが惜しいくらい色鮮やかで美しいプレートだった。

とはいえ今は、写真に写るプレートよりも藤吾の姿にばかり目がいってしまう。

たまに店を手伝っているのだろうか、笑顔がとても自然だ。客から写真を求められる機会も多いのかもしれない。これだけ見た目が整っていれば、それも当然だろう。

そう考えた途端、胸が小さく痛んだような気がした。

「あ、よければ沖田さんにもこの写真を送りましょうか？」

彩乃は不意に生まれた予想外の想いをやり過ごすように、藤吾に問いかけた。

「ありがとう。だったらさっき展示場で撮ってもらった写真も送ってもらえる？」

「さっきの写真……」

展示場で営業マンが撮ってくれた写真のことだ。

「住宅展示場なんて初めてで、いわゆるその道のプロに案内してもらって楽しかったよ。せっかくだから、手元に残しておきたいんだ」

「は……はい」

藤吾からの思いがけないリクエストに、彩乃はあたふたする。成り行きで、それもほぼ強引に撮られた写真を藤吾が欲しがるとは思わなかった。

「せっかく……そうですよね。じゃあ、せっかくですから、送りますね」

期待が滲《にじ》む藤吾の目に促され、彩乃は慌てて写真を探し出した。


「かわいい」

彩乃はローテーブルに置いたアクセサリートレイを眺め、呟いた。

丸みを帯びた柔らかなフォルムが目を引く、真鍮《しんちゅう》の花形の小さなトレイだ。

カフェバーを出た後、たまたま目についたインテリアショップにふたりで入ったのだが、彩乃がそのトレイに目を奪われているのに気付いた藤吾が、引っ越し祝いだと言ってプレゼントしてくれたのだ。

『越してきたばかりで疲れてるのに、遅くまで付き合わせて申し訳なかった』

そう言ってプレゼントされたトレイを、彩乃は複雑な思いで見つめた。

わざわざ藤吾を住宅展示場に付き合わせたのは自分だ。おまけに夕食の支払いも彩乃が化粧室に行っている間に済ませてくれていた。お礼を用意するべきは自分なのにと、彩乃は気が利かない自分を情けなく感じる。

彩乃は傍《かたわ》らに置いていたスマホを手に取り、住宅展示場で撮った写真を表示した。ぎこちない笑みを浮かべる彩乃と、落ち着いた表情の藤吾。

この写真とグリル・おきたで撮った写真。

「もっといい顔で撮ってもらいたかった……」

リクエストに応えて二枚とも藤吾に送ったが、緊張を隠せていない自分の表情にため息が出る。これだけ端整な見た目の藤吾と並ぶのだ、人目を引くほどの容姿ではないとはいえ、せめてもう少しリラックスして自然な表情を意識すればよかった。

「パイロットか……」

単なる会社員の自分には縁遠い、人気の職業だ。詳しい話はできなかったが、パイロットだと口にした時の表情は誇らしげで、自分の仕事に確固たる自信を持っているようだった。きっと優秀なパイロットなのだろう。

おまけに見た目があれだけ整っていれば、女性からの人気は抜群で、恋人がいるに違いない。

「それに、優しくて頼りがいもありそうだし……って、なに言ってるんだろ」

彩乃はふと呟いた自分の言葉に苦笑する。

もう二度と会うことはないはずの相手だ、あれこれ考えても仕方がない。

慣れない土地で不安な時に優しくされて、今は気持ちが高ぶっているのだ。

男性との付き合いに慣れていないのも、影響しているのかもしれない。

タクシーで彩乃を家まで送り届け、そのまますぐに帰っていった藤吾を思い出しながら彩乃は、寂しいと思うのは気のせいだと自分に言い聞かせた。


翌日、彩乃は異動先の仙台支店に出勤した。

仙台支店には同期入社の大塚凜々《おおつかりり》と宅見周太《たくみしゅうた》もいて心強く、これから一年間、精いっぱい力を尽くそうと気合いを入れた。

支店内の関係各署に挨拶を済ませた彩乃は、早速今回のモデルハウスを担当するチームの打ち合わせに参加した。

チームのメンバーは五人で、彩乃以外は本来の仕事と兼任している。

「新しく建設される住宅展示場のターゲットは三十代。初めて家を建てる若い夫婦が購入しやすい低価格住宅のモデルハウスを各社建設することになっています」

中心となり打ち合わせを進めているのは、課長の田尾真奈美《たおまなみ》だ。

仙台支店では数少ない女性管理職のひとりで、三十八歳だと聞いている。

以前営業を担当していた経験を生かし施主の要望をうまく取り入れた設計を得意とする、全社でも知られた優秀な設計担当だ。

「低価格帯の住宅ということで、うちの普及タイプのシリーズの建設が決まっています。具体的な設計や内装について、各自プランを提出してもらっていますが……」

テキパキと進める田尾の話に耳を傾けながら、彩乃は手元のタブレットに視線を落とす。

事前にメンバーが提出したモデルハウスのプランが届いているのだ。

もちろん彩乃も先週までに田尾に提出を済ませている。

「水瀬さんのプランだけど、間取りはとくに問題はありませんが」

田尾がタブレットで彩乃のプランを眺めながら、眉を寄せる。

「あの、なにか問題がありますか？」

黙り込んだ田尾が気になり、彩乃は今回のプランになにか見落としでもあるのだろうかと不安になる。

「ダイニングテーブルを手がける職人さんが、自分の作品をモデルハウスになんて置かないって言って断ってるらしいじゃない」

「それは、そう……なんですけど」

彩乃は言葉を詰まらせる。今回貸し出し依頼を予定している家具のうち、他のメーカーからはすべて了解をもらっているのだが、小関家具のダイニングテーブルだけは担当の職人に断られ続けているのだ。

以前何度かモデルハウスに小関家具の商品を採用したが、小関家具の象徴ともいえるダイニングテーブルだけは貸し出してもらえたことがない。

「今回は了解いただけるまで、前回以上に詳しく説明します。軽々しい気持ちでお願いしているわけではないとわかっていただければ――」

「その必要はないと思うわ」

田尾は意気込む彩乃の言葉をあっさりと遮った。

「今から職人を説得するのは現実的じゃない。別のプランを考えて」

「ですが、モデルハウスに来られたお客様が小関家具の素晴らしさを間近で見たら、いつかは手に入れたい、そのために頑張ろうと前向きな気持ちになると思うんです」

決して思いつきで用意したプランではない。彩乃は田尾にわかってもらえるよう、丁寧に答えた。

「だとしても、今から職人さんの説得に当たるなんて、日程的に考えても現実的じゃないわよ」

田尾は少しの迷いもない口ぶりで、彩乃の考えを一蹴する。

「現実的……」

田尾の言葉の強さに気《け》おされ、彩乃は黙り込む。

「もちろんこだわりは大切よ。でも、無駄にこだわってばかりじゃ意味がないから、別のプランを用意してもらえる？　じゃあ、次に移りましょうか」

「あ……あの」

彩乃は話を進める田尾にそれ以上なにも言えず、気落ちしたままタブレットをぼんやりと眺めた。

「初日から落ち込まないでよ」

「……落ち込んでないよ。ちょっと考えてるだけ」

彩乃はパスタを口に運ぼうとしていた手を止め、力なく答えた。

「考えすぎてもいいことないよ……って言っても今は無駄かな。確かに田尾課長にガツンと言われたら色々考えちゃうよね」

向かいの席でけらけら笑うほろ酔い気味の凜々に、彩乃は苦笑する。

「笑い事じゃないんだけど」

「そうだよな。異動した早々頭ごなしに言われちゃ落ち込むし、泣きたくなるよな。わかるわかる」

「……泣いてないから」

凜々に続いて芝居がかった声で大袈裟《おおげさ》に話す宅見に、彩乃はクスリと笑った。

終業後、歓迎会だと言うふたりに連れられ会社から少し離れた場所にあるイタリア料理店に来ているのだが、ふたりはプランをばっさり否定され落ち込む彩乃をなぐさめつつもからかい、笑っている。

「営業部の歓迎会もあるんでしょ？　田尾課長ってお酒が大好きだから、お酌でもしながら距離を詰めておいでよ。私は支店全員参加の忘年会でしか田尾課長と飲んだことないけど、なかなか豪快で楽しいよ」

現地採用で入社し現在経理部に在籍している凜々とは、入社時本社で実施された全社合同研修で初めて顔を合わせて以来の付き合い。

百七十五センチという長身と艶やかな長い黒髪が目を引く、頼りになる女性だ。

「豪快というより酒に目がないんだよ。営業部の中で田尾課長に潰されなかったのって今年定年退職した部長だけ。……ってことは、今は営業部一の酒豪ってことだな」

宅見は気分よく酔いながら、おもしろおかしく話している。

「私はお酒が苦手だから、相手にしてもらえないかも」

体質的に合わないこともあり、今もひとりアイスティーを飲んでいる。

仕事に関係ないとわかっていても、そんなことひとつで落ち込んでしまう。

「あらら。よっぽどショックだったんだねー」

凜々はきゃははと笑い、手元のワインを飲み干した。

「今から職人さんを説得しなきゃならないようなプラン、現実的に考えてうまくいく可能性だって低いのにＯＫは出せなかったんだと思うよ」

「そうなのかも。現実的にって何度か言われたから」

田尾の言葉を思い返し、彩乃はため息をつく。

「まあまあ。まだ始まったばかりだろ？　折り合いをつけながらいいモデルハウスを建ててくれ。俺たち営業が、がんがん売るからさ」

「宅見君がそう言うと、冗談とは思えないね」

彩乃はしみじみと呟き、表情を緩めた。

宅見ははっきりとした二重まぶたと高い鼻が印象的な男前で、髪を短く刈り上げ爽やかで人当たりもいい。おまけに商品知識や設計についても詳しく営業成績は抜群。前期の社内での住宅の契約戸数は全国一位で表彰もされている。

「なにかあれば私も宅見君も相談にのるから。悩まず楽しんで仕事した方がいいって。せっかくこうして仙台に来たんだし、楽しまなきゃ。あ、せっかくだから、どこか案内するよ。仙台でもいいし遠出してもいいし」

酔っていてご機嫌なせいか、凜々は唐突に話題を変え、あれこれ考え始めた。

「彩乃はどこか行きたいところってないの？」

「突然言われても……」

異動が決まって以来、仕事の引き継ぎや引っ越しでバタバタしていてそれどころではなかった。観光地も料理が美味しい店も、なにも思い浮かばない。

「じゃあ、いいところがあるから任せて」

ワインをグラスに注ぎながら自信満々でそう言う凜々の顔は赤く、呂律《ろれつ》も回っていない。彩乃はいったいどこに連れていかれるのだろうかと、不安を覚えた。

第二章　ヒーローはドルフィンライダー

日曜日、彩乃は凜々と宅見とともに航空自衛隊松島《まつしま》基地を訪れた。

年に一度の松島基地航空祭を見るためだ。早朝に仙台駅に集合し、電車に乗って一時間ほど。電車内は同じ目的の乗客たちで混み合い、すでに航空祭が始まっているような熱気に満ちていた。

「凜々は来たことがあるんだよね？」

最寄り駅から松島基地まで徒歩二十分程度。基地に向かう人波の中、彩乃は隣を歩く凜々に問いかけた。

「子どもの頃から何度か来てるよ。叔父《おじ》さんが航空自衛官で、戦闘機パイロットなの。だから叔父さんが所属している小松《こまつ》基地の航空祭にも行ったことがあるよ」

「へえ……」

戦闘機や基地といった耳に馴染《なじ》みのない言葉が続き、彩乃は曖昧に頷いた。

身内や知り合いに自衛官がひとりもいない彩乃にとっては、まるで別世界の話だ。

昨日凜々から航空祭に行こうと言われた時も、いまひとつぴんとこなくて返事に困ったほど。

事前にネットで調べようと思ったが、仙台に赴任して以来忙しい日が続いていてそれどころではなく、昨日も残業を終えて帰宅した後は簡単に食事を済ませて寝てしまったのだ。

「これだけ晴れたら、展示飛行もめいっぱい楽しめそうだな」

凛々の向こう側を歩く宅見が声を弾ませている。

「展示飛行？」

またもや聞き慣れない言葉を耳にして、彩乃は宅見に顔を向けた。

「今日一番のお楽しみ」

宅見は期待に満ちた声で呟き、青空を見上げた。昨日、受注に向けて長く力を入れていた案件が無事に契約となり、今日は久しぶりに休みを取れたと喜んでいる。

ここ数年は仕事が立て込んでいて、航空祭に足を運ぶのは久しぶりらしい。

「バーティカルクライムロール。機体が空を一気に駆け上がっていくのを見ると、息が止まるほど興奮するんだよな。人間の可能性を見せつけられるような気がするし、勇気をもらえるしさ。まあ、ブルーインパルスの課目はどれもそうだけど」

「え……ブルーインパルス？　って、あのブルーインパルス？」

彩乃は凜々と宅見を交互に見ながら、問いかける。

「そうよ。あの有名なブルーインパルス。え？　今日ブルーの飛行を見られるって知らなかったの？　ちなみに今歩いてるここ、ブルーインパルス通りっていうんだよ」

凜々の笑いを含んだ声に、彩乃は小さく身を竦めた。

「忙しかったから調べる時間がなくて、今日も待ち合わせに遅れないことだけ気を付けていたくらいで」

「毎日忙しそうだもんね。設計部を覗いても滅多にいないし」

「うん。そのうち落ち着くと思うけどね」

この一週間は展示場の仕事と並行して、仙台支店での現状の売れ筋の商品について勉強したり営業とともに現場に顔を出したりと、慌ただしく過ごしていた。

仙台で展示場に関わるのは一年間だが、それ以降も本社、あるいは別の地方で設計を続ける彩乃の成長のためにと、田尾が中心となり営業部がスケジュールを組んでくれていたのだ。

「田尾課長とはどう？」

凜々の気遣う声に、彩乃はしばらくの間考え、ゆっくりと口を開く。

「展示場のプランについては平行線だけど、オールマイティーになんでもできるから勉強させてもらってる」

　田尾とはモデルハウスの件では折り合いがつかない部分があるが、設計に関しても営業に関しても知識が豊富で、日々憧れの思いが強くなっている。

「小関家具の方はなにか進展あった？　職人さんのＯＫはもらえたの？」

「それは……まだ。苦戦中で」

　凜々の問いに彩乃は口ごもる。ここ数日、何度か小関家具に出向いているのだが、話を聞いてもらえるどころか相手にさえされていない。職人の手が空いた時間を待っては声をかけても、素っ気ない態度で追い払われている。

「そっか。でも、そういう誇り高き職人たちの技術が小関家具のステイタスを支えてるんだもんね。仕方ないよ」

「うん。わかってるんだけど、なかなか突破口が見つけられなくて」

　小関家具という老舗家具店の家具をいつかは持ちたいという憧れが、展示場を訪れた客の励みになればと考えているのだが、説明するタイミングさえ見つけられないままだ。

「あーあ。肩に力が入りすぎ。職人も話を聞こうにも圧倒されて逃げるぞ」

　宅見はいつもと変わらず気楽な口調でそう言って笑顔を向けた。

「というわけで、仕事の話はこの辺で打ち止め。せっかくのブルーインパルス日和《びより》だからそっちに集中。あ、水瀬はブルーインパルスの飛行は見たことある?」

「あの……一度だけ」

彩乃は遠慮がちに答える。

「え? あるの? これから見られることも知らなかったから、今日が初めてだと思ってた」

基地に向かって歩きながら、凛々が意外そうに呟いた。

「見たっていうか。偶然、空を飛んでるのが目に入ったの。といっても八年ほど前のことだからはっきり覚えてないんだけど」

彩乃は当時を思い返しながらそう言って、力なく笑う。

「へえ。じゃあ、今日は二回目ってことね。でも、間近で見ると全然迫力が違うのよ。パイロットにも会えるし、絶対に楽しめると思う」

「うん……そうだね。楽しみ」

彩乃は上機嫌で話す凛々にぼんやりと頷きながら、歩みを速めた。

予想通り、松島基地は大勢の来場者で賑わっていた。

入場ゲートを抜けて持ち物検査を終えた後、基地内を進んでいくと、駐機場にブルーインパルスの機体が整然と並んでいるのが見えてくる。想像以上の大きさに思わず足を止めた。青と白のコントラストが爽やかで、地上にいても凛々しく美しい。

パンフレットでスケジュールを確認すると、航空機による展示飛行や地上での装備品の展示、音楽隊の演奏があったりと盛りだくさんだ。

とくにブルーインパルスは午前の訓練飛行と午後の展示飛行が予定されている。

「ブルーインパルスが人気なんだね」

「ここが本拠地だからね。ちなみに昨日の東松島《ひがしまつしま》夏祭りでも飛行していてね、一度だけ行ったことあるけどそっちも楽しいよ」

「へえ……」

今までとくに耳にした記憶のないお祭りだが、地元の人やブルーインパルスのファンには大切なイベントなのだろう。

「もう少し前に行こう」

凛々は彩乃の手を引き、人混みの中を慣れた足取りで前に進む。なにもかもが初めての彩乃は周囲の邪魔にならないよう身体を小さくし、凛々の後をついていく。

途中で聞こえてきたのはパイロットや整備員の紹介アナウンス。そのたびに歓声があがり、うまく聞き取れないのがもどかしい。

「おー、ドルフィンキーパーズ。今日もカッコいいな」

かなり前方に進んだ時、彩乃の背後から宅見の弾む声が聞こえてきた。

「な、なに……？」

振り返り尋ねるが、宅見はブルーインパルスに目が釘付けで彩乃の声は聞こえていないようだ。会社では見せない子どものような宅見のキラキラした瞳。その視線をたどると、整備士たちが念入りに飛行前の機体を確認している。

「整備士の山下《やました》さん、今日もカッコいい」

「山下さん……？」

凜々までもが整備士たちの様子を夢中で見ている。

「ほら、あの五番機の山下さん。カッコいいでしょう？」

「そう言われても」

彩乃は並ぶ機体をまじまじと見るが、一機ごとに整備士が何人かいて、その山下さんというのが誰なのか、まるでわからない。

「パイロットに負けず、彼女も人気があるのよ」

「え、彼女？」

凛々も宅見もしきりにカッコいいと口にしているので安易に男性かと思っていたが、女性のようだ。

「そうよ。とっても優秀なの。じゃなきゃここに呼ばれてないし」

「お、いよいよ始まるぞ」

宅見の興奮した声が聞こえたと同時に、周囲のざわめきもいっそう大きくなる。

見ると各機の正面に整備員が立ち、キビキビとした手の動きでパイロットとやり取りをしている。

「今日も山下さん、キレキレ」

よほど彼女のことが好きなのか、凛々は五番機に向かって手信号のような動きを続ける整備員の女性を一心に見つめている。

「あれが山下さん……？」

確かに迷いのないキレのある動きはカッコよくて、凛々たちがはしゃぐ気持ちも理解できる。

その後誘導路をゆっくりと移動し、地響きに似たエンジン音とともに機体が順に飛び立っていく。彩乃は瞬きも忘れ、滑走路を突き進む機体を見つめた。

六機のブルーインパルスが順に空へと飛び立っていく姿は力強く、全身が震えるのを我慢できない。

「速い……」

あっという間に見えなくなった機体を捜しながら空を見上げていると、しばらくして南側の空から六機が編隊を組んで戻ってきた。

「ゾクゾクしてきた」

宅見の興奮した声に彩乃もコクコクと頷き、息を詰めて空に意識を集中する。

それから四十分間の飛行は圧巻で、時間を忘れるほど素晴らしかった。

六機が緊密な距離で一糸乱れぬ飛行を続けていたかと思うと、いきなり同時に散ったり、四機で編隊を組み旋回をしたり、スモークでハートを描いたりと片時も目が離せない。エンジン音も飛行のBGMのように聞こえてくるから不思議だ。

彩乃は空を見上げながら、八年前の父の葬儀の日のことをふと思い出し、鼻の奥がつんと痛くなる。

両親の生まれ故郷である滋賀《しが》県の寺での葬儀の合間、晴れ渡った空にブルーインパルスが飛んでいた。少し距離があり遠目にしか見えなかったが、それでも機敏な動きで飛び回る機体は見応えがあり、今もはっきりと覚えている。

空の青と機体の青が爽やかで力強く、まるで亡くなった父が最期に遺《のこ》した、彩乃へのエールのように思えてならなかった。

その時以来、彩乃は父を亡くした悲しみを胸の奥にしまい、それまで以上に建築の勉強に力を注いだ。建築家として充実した人生を送っていた父に憧れて、同じ道に進むと決めた自分を誇りに思いながら。

彩乃は生まれて二度目のブルーインパルスの飛行を見上げ、再びのエールを受け止めたような気がしていた。

パイロットや整備士たちの努力を思えば自分の仕事の悩みなどちっぽけで、小関家具の職人への打診も、なんとかなるはずだと思えるから不思議だ。

その後歓声が途切れることなく時間は過ぎ、彩乃は素晴らしい飛行技術に酔いしれながら空を見上げ続けていた。

「いよいよフィナーレだな」

宅見が残念そうに呟く。

すると背面飛行する一機の周りを別の一機がぐるぐる回転し始めた。

「ぶつかるっ」

今にもぶつかりそうな近い距離にヒヤヒヤし、彩乃は思わず息を止めた。

「さすがリードソロ。五番機っていつ見てもすごい」

興奮している宅見の声が聞こえ、今背面飛行していたのは五番機だったと知る。

「リードソロ?」

その言葉にもあまりピンとこないが、各機にはそれぞれの役割があり、五番機はソロで飛行する機会が多いようだ。

彩乃はスモークが次第に薄くなる青空を眺めながら、知らず知らず五番機の行方を捜していた。

空を縦横無尽にそして規則正しく飛び回るブルーインパルス。大胆なだけでなく繊細な飛行の裏側でどれだけの努力を日々重ねているのだろう。本番だけでなく訓練の時も命がけだ。不安や恐怖が完全にゼロになることはあるのだろうか。

やがてすべての課目が終わって六機が地上に戻ってきた。

パイロットたちが機体から降り、観客の前でにこやかに整列する。

一斉にカメラやスマホが向けられ、写真撮影が始まった。

彩乃は素晴らしいフライトを目にした余韻に浸りながら、ぼんやりとその様子を眺める。息を詰め見ていたせいで全身に疲労感が漂い、握りしめていた手が微《かす》かに痺れている。

気持ちを落ち着けようと大きく呼吸しパイロットたちに視線を向けると、どの顔も晴れ晴れとしていて、飛行を無事に終えた達成感が滲み出ている。

「パイロットって、カッコいいね」

彩乃はぽろりと呟いた。そう口にしながらなぜか頭に浮かんだのは、藤吾の顔だった。

彼もパイロットだと言っていたが、今も世界のどこかの空を飛んでいるのだろうか。

あの日、藤吾の話しぶりからは誇り高い優秀なパイロットだという印象を受けたが、それに加えてあの端整な見た目だ、制服が似合う人気のパイロットかもしれない。

そう、今大勢の観客に笑顔を向けているブルーインパルスのメンバーのような。

「……え？」

彩乃はパイロットたちの中に見知った顔を見つけ、息をのんだ。

「嘘……」

六人の中でも、青いフライトスーツがひときわよく似合う男性から目が離せない。

「沖田さん……？」

彩乃は自分の目が信じられず、両手を口に当てまじまじと見つめる。

パイロットや整備員たちとともににこやかな笑顔を向けているのは、藤吾だった。

今どこかの空を飛んでいるかもしれないと考えていたが、まさか松島の空を飛んでいたとは夢にも思わなかった。

離陸前にパイロット紹介のアナウンスがあったが周囲の歓声で聞き取れず、機体に乗り込んだ後はヘルメットをかぶっていたこともあってわからなかった。

「パイロットってそういう意味だったんだ……」

あまりの驚きに呆然としている彩乃に、宅見が心配そうに声をかける。

「どうした？」

「ううん。なんでも……あっ」

パイロットたちに夢中で手を振っていた女性たちに背後から押され、彩乃は勢いよく宅見の胸に飛び込んだ。

「大丈夫か？」

宅見はとっさに人だかりから守るように彩乃を抱えると、前方に生まれたわずかなスペースに移動した。

「初めてだからびっくりしたよな。どこか痛めてないか？」

彩乃の顔を覗き込み、宅見は心配そうに顔をしかめている。

「大丈夫。私がぼんやりしてただけだから、ごめんね」

彩乃は宅見の顔を見上げ、気まずげな笑みを浮かべる。

藤吾の姿に驚き、周囲に気が回らなかった自分のせいだ。

「あ……そうだ」

彩乃は藤吾のことを思い出し、慌てて前方に視線を向けた。気付けば彩乃たちは人混みの一番前に移動していて、パイロットたちの姿がよく見える。

「やっぱり……」

観客の呼びかけに応え手を振るパイロットたちの真ん中にいるのは、確かに藤吾だ。

ただでさえ端整な容姿がフライトスーツによっていっそう際立っている。

周囲のざわつきなどあっという間に遠ざかり、ひたすら藤吾の姿を見つめた。

すると不意に藤吾が顔を向け、彩乃に気付いたのかハッとしたように目を見開いた。

動きを止め、笑みを顔に貼りつけたまま、彩乃をまっすぐ見つめている。

「あ……」

彩乃は慌てて宅見から離れ、身を乗り出し藤吾を見つめ返した。

すると藤吾の表情がふっと緩み、彩乃に小さく頷いた。

その瞬間、彩乃の心臓が大きく脈打ち、全身が熱を帯びた。

「沖田さーん」

凛々の大きな声が響いた。

見ると彩乃の隣で凜々が何度も飛び跳ね、両手を大きく振っている。

藤吾のファンなのだろうか。

「おつかれさまでしたー」

続けて声をあげる凜々の視線の先を追うと、確かに藤吾がいる。やはり凜々は藤吾に声をかけているようだ。

「沖田さん、やっぱりカッコいいよねー。五番機キレッキレだったもん」

「五番機……?」

感嘆の声をあげる凜々を、彩乃はまじまじと見つめる。五番機といえば、宅見がリードソロと口にしていた機体だ。

最後に見た背面飛行は圧巻で目が離せなかった。藤吾が操縦していたのだろうか。

「大塚って沖田さんと知り合いだって言ってたな」

「そうなの。沖田さんが石川《いしかわ》県の小松にいた時に叔父さんの家で顔を合わせたことがあって。優秀なパイロットだって聞いてたけど、まさかドルフィンライダーになっちゃうとは思わなかった」

凜々はそう言って肩を竦める。

「山下さんも小松にいて、沖田さんと同時にドルフィンキーパーとして松島に配属になったの。あのふたり、同期だから仲がいいし固い絆《きずな》で結ばれてるの。そこもまた推せるよね」

「へえ。長い付き合いなんだな」

彩乃は凜々と宅見の会話がいまひとつ理解できず、きょとんとする。

凜々が口にしていたドルフィンライダーやキーパーとはいったいなんのことなのか、さっぱりだ。それに、さっき藤吾と目が合ったと思ったのは錯覚だったようだ。

一緒に食事をしたとはいえ、これほど大勢の観客の中に紛れていれば、気付かなくても当然だ。さっきはきっと、顔見知りの凜々を見つけて笑いかけたに違いない。

そんなこと落ち着いて考えればわかるはずなのにと、彩乃は肩を落とした。

気を取り直し改めて視線を向けると、パイロットたちは観客たちからサインを求められていた。

藤吾も大勢に囲まれ、サインに応じる傍ら笑顔で言葉を交わしている。

藤吾はかなり有名なパイロットなのかもしれない。

そう気付いたと同時に、彩乃は胸に鈍い痛みを覚えた。

「彩乃？」

「え……あ、なに？」

探るような凜々の声に、彩乃は慌てて藤吾から視線を逸らした。

「なにじゃないわよ。でも、そっか。彩乃のタイプはドルフィンライダーだったのか」

「タ、タイプってなんのこと?」

からかい交じりの凜々の言葉に、彩乃はあたふた答える。

そんなはずはないのに、まるで彩乃が藤吾を気にかけていると、見透かしているようだ。

「沖田さん、女性人気は高いけど、恋人はいないみたいだよ」

「え、本当? あっ……」

思わず大きく反応してしまい、彩乃は慌てて口を閉じる。凜々はやはり彩乃の気持ちを見抜いていた。

「ふふっ。確かに素敵だよね、沖田さん」

「ち、違うからっ」

「いいからいいから。それにしても、彩乃は人気があるのに誰とも付き合わないって本社の人から聞いてるけど、ドルフィンライダーがタイプなら、仕方ないか。それも一番人気の沖田さん狙いなんて、見る目ある」

「だから違うって……」

楽しげにひとり納得する凜々に、彩乃はあきらめ交じりにため息をついた。

ここで藤吾と知り合いだと言えばさらにからかわれそうだと思い、彩乃はひとまず黙っておこうと決めた。

「俺、戦闘機が見たいから、向こうのエリアに行ってくるよ」

それまでパイロットたちの写真を撮っていた宅見が、ワクワクした表情で振り返る。

「あ、私も行きたい。彩乃も一緒に行こう。せっかくだから色々見たいでしょ?」

「え、でも」

彩乃はちらりと藤吾の姿を見る。

相変わらず観客たちとの交流を楽しんでいて、こちらを気にかける素振りはない。

「昼からの飛行まで時間があるから大丈夫。また会えるよ」

そう言ってニヤリと笑う凜々に手を掴まれた彩乃は、藤吾を何度か振り返りながら、その場を離れた。

結局、午後からの展示飛行は天候悪化によりすべて中止になった。

午前中の青空から一変、空一面に雲が広がり、雨が降り出したのだ。

彩乃たちは中止のアナウンスを聞いてすぐ、混み合う前に駅に向かおうと基地を離れた。藤吾の飛行を見られないのは残念だが、安全のためには仕方がないとあきらめた。聞けばこういうことはままあるらしい。

仙台に戻る電車の中で、凜々は藤吾のことを、防衛大学校を卒業したエリートで優秀なパイロットだと何度も力説していた。

もともと顔見知りなだけに肩入れする気持ちも強いようだが、それを差し引いても優秀で将来有望な隊員であるのは間違いないようだ。

宅見が言うにはブルーインパルスのパイロットはもともと戦闘機の現役パイロットで、その中から優れた技術を持つ者がブルーインパルスのメンバーとして選ばれるらしい。機体の愛称が『ドルフィン』なので、パイロットは『ドルフィンライダー』、整備員は『ドルフィンキーパー』と呼ばれているそうだ。

聞けば聞くほどブルーインパルスに興味が湧き、彩乃はふたりと別れた後、自宅近くの書店でブルーインパルスについて書かれている雑誌をいくつか買って帰った。

雑誌をめくる傍らネットで調べてみると、藤吾のことを紹介している記事がいくつも出てきた。

八戸《はちのへ》出身の三十四歳で、防衛大学校卒業。以前所属していた小松基地ではイーグルドライバーと呼ばれるF-15戦闘機のパイロットとして任務にあたっていた。

現在の階級は三等空佐とある。

この階級は幹部のようだが、彩乃にとっては初めて目にする言葉ばかりでなにがなんだかさっぱりわからない。一般企業でいえばどのあたりの役職なのだろうかと首をひねる。

とはいえ凜々たちから聞いた話や調べた内容から考えて、藤吾はかなりのエリート自衛官だということは理解できた。

続けて雑誌の記事に目を通していくと、ドルフィンライダーとしての活躍が中心に取り上げられている。航空自衛官の中でもほんのひと握りの人しか選ばれないポジションだ。彩乃は、そこに就くまでどれほどの努力を続けてきたのか、その道のりの方が気になった。

それに以前は戦闘機パイロットだったということにも、正直驚いた。戦闘機という言葉自体馴染みがなくぴんとこないが、決して簡単に手に入れられる立場ではないようだ。

現在どれだけブルーインパルスのパイロットとして注目を浴びる機会が多くても、それは藤吾がこれまで積み上げてきた、努力や苦労があってこそ。

「すごい人だったんだな……」

藤吾の優しい笑顔の裏にある強さに、頭が下がる。

彩乃は航空自衛隊のHPに掲載されている藤吾の顔写真を眺めながら、ほーっと息を吐いた。航空祭でファンに囲まれる藤吾を見た時にも感じたが、自分とはまるで違う世界に生きる遠い存在なのだと実感する。

「え……これってあの山下さん？」

開いたままの雑誌のページに、山下佳織《かおり》というブルーインパルスの整備員の女性の記事を見つけた。

ブルーインパルスの機体の傍らに晴れやかな笑顔で立っている。

記事を読み進めると、彼女は藤吾が操縦する五番機の整備を担当していて、機体には【K・YAMASHITA】という文字がレタリングされている。

気になり調べてみると、彼女は一機の飛行機全体を責任を持って整備する機付長という整備員のようだ。この説明もいまひとつぴんとこないが、仕事への熱意を語る彼女の写真はとても凛々しく、美しい。

機体の正面に立ち、手信号で離陸に向けてパイロットとやり取りをする彼女の整然とした動作は、まるでそれ自体が展示飛行の一部として演出されているようで見応えがあった。

凛々も言っていたが、記事には藤吾と山下は同時に小松基地から松島基地への異動が決まり、ともに三年間をブルーインパルスに捧げることになったと書かれている。

そんなふたりの間には強い絆があるとも。

藤吾だけでなく山下にもファンがいるようで、彼女を目当てに各地の航空祭に足を運ぶ人も少なくないとある。凛々も彼女のファンのひとりだった。

「そっか……強い絆か……」

藤吾のそばで彼を支えている女性の存在を知り、彩乃の心はざわざわした。

そしてやはり、藤吾は自分とは別の世界に住んでいると、改めて実感する。

彩乃はローテーブルに置いていたスマホを手に取り、グリル・おきたで希和が撮った写真を表示した。

彩乃の隣に立つ藤吾は黒いエプロンが似合い、笑顔も自然だ。

この時は、まさか多くのファンから写真を求められるような有名人だとは思ってもみなかった。

その後展示場の見学に付き合ってくれた時も、藤吾馴染みのカフェバーに連れていってくれた時も、特別なものはなにも感じなかった。

パイロットだと聞いていても民間の航空会社に勤務しているとしか思わず、ネットや雑誌で取り上げられるような人には見えなかった。

彩乃は雑誌の中の藤吾と、スマホの画面に映る藤吾を交互に眺めながら、じわりと湧き上がる寂しさを胸の奥に押しやった。

二度と会うことはないだろうとは思っていたが、それが確定したようで切ない。

その時突然、手の中のスマホから着信音が響いた。ハッとし、画面を見ると、藤吾の名前が表示されている。

「沖田さん……？　え、どうして」

彩乃はわけがわからずオロオロし、しばらくの間画面をジッと眺めていたが、着信音は鳴り続けている。

「も、もしもし……？」

止まらぬ着信音に背中を押され、彩乃は震える声で電話に出た。

《もしもし、沖田です。こんばんは》

甘く低い藤吾の声が耳に届き、彩乃は鼓動がトクリと跳ねるのを感じた。

「あ、はい。水瀬です……こんばんは。あ、あの……？」

突然の電話の理由がわからず、彩乃は混乱する。

《今日はわざわざ松島まで来てくれてありがとう》

「え……気付いていたんですか？」
まさかと思いながら、彩乃は驚きの声をあげた。
《もちろん。最初は信じられなかったけど、彩乃さんだってすぐにわかったよ。そのお礼を言いたくて、電話したんだ》
「そ、そうだったんですね。わざわざすみません」
あれほど大勢の人がいる中で見つけてもらえていたことに、彩乃は感激する。
《俺よりもきっと、彩乃さんの方が驚いたよね》
おもしろがるような藤吾の声に、彩乃はコクコクと頷いた。
「はい。この間パイロットだとは聞きましたけど、まさか自衛隊のパイロットだなんて、びっくりしました。それもブルーインパルスだから余計に驚いてしまって」
彩乃はフライトスーツ姿の藤吾を思い出しながら、勢い込んで答えた。
《ごめんごめん。隠すつもりはなかったんだけど、この間は言いそびれたんだよ》
藤吾は楽しげにそう言って、小さく笑い声をあげた。
《だけど、今日はどうして航空祭に？　近くに親しそうな男性がいたけど、まさか彼って》
「男性？　あ、宅見君のことですね。彼は仙台支店で営業をしている同期なんです。

今日はもうひとりの同期と一緒に……え、あの、凛々……大塚さんには気付かなかったんですか？」
《大塚？》
戸惑う藤吾の声に、彩乃は言葉を続ける。
「はい。彼女の叔父さんが小松基地にいて、沖田さんとも会ったことがあると言ってましたけど……？」
《ああ。もしかして大塚一佐の姪《めい》ごさん？　え、彼女も一緒だったのか。気付かなかったよ。あの男性……彼と仲がよさそうだったから、てっきりふたりで来たのかと気になって。いや、それはいいんだ》
藤吾は気まずげな声でそう言って、一旦言葉を区切る。
「沖田さん？」
束の間沈黙が流れ、彩乃は遠慮がちに口を開いた。
《ああ、悪い。だったら今日は大塚一佐の姪ごさんに連れてこられたの？》
「そうです。彼女と宅見君が、航空祭に連れていってくれたんです」
《たくみ君ね……。で、俺たちのフライトはどうだった？　楽しんでもらえた？》
「もちろんです」

彩乃は即答する。

「間近で見るのは初めてで、感動しました。最初から最後まで見応え抜群でカッコよかったですけど、あまりにも機体同士が近くてヒヤヒヤしました」

《そうだよね。だけど、俺だけでなく隊員たちは皆普段から訓練を続けてるから、大丈夫》

真摯《しんし》な声音に、藤吾が日々積み重ねているに違いない努力と仲間たちへの信頼感が滲んでいる。

それだけでなくブルーインパルスのパイロットという任務への誇りも感じ、彩乃は謙虚な気持ちになった。

「今日は楽しませてもらいましたし、亡くなった父を思い出しました」

藤吾の任務への思いが胸に響き、父のことがつい口をついて出る。

「実は八年前に父を亡くしていて、葬儀の日の空に、遠目でしたけどブルーインパルスが飛行しているのが見えたんです。まるで父が私と姉にエールを送ってくれているような、そんな気がしました」

《……きっとそうだと思うよ》

ひどく優しい藤吾の声に、彩乃は目の奥が熱くなるのを感じた。

「ブルーインパルスの飛行を見たのはあの日以来で、今日もまた励まされました」

華麗な飛行を見ていると、仕事の悩みなどちっぽけで明日からも精いっぱい頑張ろうと思えた。

「ブルーインパルスって、観客を楽しませるだけじゃなくて、勇気と幸せをくれるんですね」

そのために藤吾たちパイロットは日々訓練を重ねているのだ。

「今日は、本当にありがとうございました」

彩乃は感謝の思いを口にしながら、これがスマホ越しでよかったと感じていた。

もちろんこの間のようにふたりで会いたいし、食事に行きたいとも思うが、直接顔を合わせていたら、恥ずかしくてなにも言えなかったはずだ。

声だけのやり取りは物足りなさもあるが、これが精いっぱい。電話だけでも満足しなければと自分に言い聞かせた。

その直後。

《次の日曜日、会えないか？》

「えっ？　日曜日……？」

《今日見に来てくれたお礼というわけではないけど、せっかく仙台に来たんだから、

色々連れていってあげたい場所があるんだ。もしよければ、ぜひ》
「で、でも。お忙しいですよね」
彩乃は聞き間違いだろうかと思いながらも、期待を込めるようにスマホを強く握りしめた。
《今週は展示飛行の予定もないし、大丈夫だよ。どうかな?》
「は、はいっ。よろしくお願いします」
彩乃はすかさず答えた。
やはり電話だけでは満足できなかったようだ。

＊　＊　＊

九月初めの日曜日、藤吾は松島基地近くの自宅から、仙台に向かって車を走らせていた。

仙台まで一時間ほどと意外に近く、予定がない日は実家に顔を出し、両親が営むレストランを手伝うこともある。

二週間前の日曜日もそうだった。

その日は全国の航空自衛隊基地で実施される航空祭や、祝賀飛行などの任務がなく久しぶりに実家に顔を出したのだ。

『ちょうどよかった。母さんを手伝ってくれないか？』

両親が営むレストランのドアを開いた途端、開店の準備に忙しい父がそう言ってニヤリと笑った。

学生バイトのひとりが体調不良で休みな上に、常連客のためのランチの特別メニューを引き受けていて、通常の開店準備に手が回っていなかったのだ。

『恩田君の奥さんの妹さんが転勤でこっちに来るから、今日はそのお祝いを引き受けたんだ。妹さんの好物をめいっぱい用意して驚かせる計画。デザートプレートにも気合いを入れたいから、藤吾が戻ってきてくれて助かったよ』

藤吾に断られる可能性など頭にないのか、父はひと息にそう言って作業に戻った。

『はいはい、了解』

藤吾はいつものことだと苦笑し、早速店の黒いエプロンを身につけた。

父が気合いを入れて用意したたくさんのフルーツやアイスが盛りつけられたデザートプレートは、チョコペンで〝ようこそ彩乃ちゃん〟と描かれた力作だった。

「泣きそうになってたな」

父が腕によりをかけて用意したすべての料理やデザートに感激して目を潤ませていた彩乃を思い出し、藤吾はハンドルを握りながら口元を緩ませた。

あの日彩乃たちが食事を楽しんでいる個室に料理を運び入れた時、藤吾は背筋をまっすぐ伸ばして椅子に腰かける彩乃の上品な佇まいに一瞬で目を奪われた。

色白の小さな顔に二重まぶたの大きな瞳が印象的な愛らしい女性だ。

彼女の好物ばかりを用意した藤吾の父への感謝と喜びを素直に口にする柔らかな物腰、そして控えめながらも彩り豊かな表情はとても魅力的だった。

それこそ父がプレートに描いていた〝彩乃〟という名前がぴったりだ。

とはいえ彩乃は単なる父の友人の身内で、この先店を訪れるかどうかもわからない。その上藤吾も普段仙台にいるわけではない。

顔を合わせる機会はそうそうないだろうと思い、少なからず揺れた自身の感情をその場でやり過ごした。

けれど縁とは不思議なもので、あの日仙台駅で男性に絡まれている彩乃を助け、一緒にモデルハウスを見学した。

途中〝家づくりは人を幸せにできる仕事〟と力強い言葉を口にする彼女からは仕事に対する誇りが感じられ、その表情はとても美しかった。自衛官という立場に誇りを持つ自分とも重なり、さらに彩乃への好意が大きくなった。

けれど、彩乃は一年後には東京の本社に戻ることが決まっている上に、自分はブルーインパルスの任期を終えれば小松基地に戻る予定だ。

その現実は重く、彼女との縁を繋ぐことに躊躇《ちゅうちょ》し連絡を取らずにいたのだが、男性とともに航空祭を訪れていた彩乃を偶然見かけ、ひどく動揺した。

そして、それがきっかけとなり封印していた想いを解放し、電話をかけたのだ。声を聞けば会いたくなる。

『次の日曜日、会えないか？』

藤吾が素直に想いを口に出せたのは――。

『ブルーインパルスって、観客を楽しませるだけじゃなくて、勇気と幸せをくれるんですね』

彩乃のその言葉が決め手だった。

観客に勇気と幸せを与えたいと思いながらブルーインパルスの操縦桿《かん》を握っている自分をさらりと肯定してくれる彩乃を愛しく思い、彼女との縁を手放したくないと、心の底から願った。

藤吾は彩乃が待つ仙台へと車を走らせながら、知らず知らず笑みを浮かべていた。

「ここって、小関家具を使っているレストランですよね？」

店に入ってすぐに声をあげた彩乃に、藤吾は笑顔で頷いた。

「この間、モデルハウスで小関家具が好きだって言ってただろ？　ここで使われているのを思い出したんだ」

「ありがとうございます。実はここ小関家具のファンには知られたお店で、私も近いうちに来ようって思っていたんです」

彩乃は弾む声でそう言うと、レモンイエローのフレアスカートを揺らし、店内をキョロキョロと眺め始めた。

ここは仙台駅から近い美術館に併設されたレストランで、店内はガラス張りの窓から日光が差し込み明るい雰囲気だ。

「だったらよかった。こっちに帰ってきた時、たまに隣の美術館に行くから何度か来たことがあったんだ」

「あ、美術館も楽しめました。せっかくのお休みなのに、私のために時間を取らせてしまってすみません」

彩乃は藤吾に向き直り、軽く頭を下げる。

よほどうれしいのか頬を紅潮させ、今にも飛び上がりそうなほど興奮している。

「……かわいいな」

彩乃には聞こえない小さな声で、藤吾は思わず呟いた。

会いたいと伝えてから一週間、どこを案内しようかと考え連れてきたのは美術館だ。

藤吾は子どもの頃から絵を描くのも鑑賞するのも好きで、今日彩乃を連れてきた美術館にも、仙台に戻ってきた時には気分転換を兼ねてよく来ている。そこに彩乃を案内したかったのだ。

テーブルと椅子はデザインの大きな賞を受賞した小関家具の職人がデザインしていて、店内には他にも有名な作家が制作に携わった彫刻や調度品が置かれている。

「座り心地抜群ですね」

窓際のテーブル席の椅子に腰を下ろした彩乃は、感激のあまり声を詰まらせている。

「素敵な家具に触れると、気分が上がります」

椅子やテーブルをじっくり眺め、彩乃は感嘆の息を吐き出した。

「……やっぱり、モデルハウスに採用したい」

「モデルハウス？　そういえば、こっちに転勤になったのはモデルハウスを設計するためだって言ってたね。新しい職場に少しは慣れた？」

注文を終えた藤吾は、表情を曇らせた彩乃が気になり問いかけた。

異動して二週間、疲れが出ているのかもしれないと心配になる。

「はい。大丈夫です。職場には慣れて、色々勉強させてもらってます」

彩乃は明るい表情を浮かべる。

「ただ、うまくいかないこともあるので、ひとつずつゆっくりって感じですね」

軽く肩を竦め、彩乃は手元の水を口にする。

「それに、困ったことがあっても、頼りになる同期がいるので大丈夫です」

「同期って、この間航空祭に一緒に来ていた？」

藤吾は鋭く反応し、顔をしかめた。頭に浮かんだのは、あの日見かけた男性の顔だ。

展示飛行後、観客たちの中に彩乃の姿を見つけ驚いたのも束の間、彩乃は傍らの男性の胸に飛び込み抱かれていた。

背後から押されたのだろうと頭では理解できていたが、男性と親しげに笑い合う彼女を見るのは気持ちのいいものではなかった。もちろん彼女のもとに駆け寄るわけにはいかず、その後も平静を心がけファンとの交流に集中した。

ふと見ると彩乃の姿はなく、おまけに天候悪化でその後の展示飛行はすべて中止となり、来場者の多くは早々に帰路についた。

彩乃もすでに一緒にいた男性とともに基地を出たに違いない。

「そうなんです。電話でも話しましたが、沖田さんと知り合いの凜々と、宅見君です」

「ああ……大塚一佐の」

藤吾はそう言えばと思い出す。

あの日彩乃は男性とふたりきりではなく、藤吾も顔見知りの女性と一緒に来ていた。

「だけど、たくみ君か……仲がいいんだな」

名前で気安く呼び合うのは、それだけ彩乃と彼との距離が近いということだ。藤吾は再びあの男性の胸に抱かれていた彩乃を思い出し、表情が強張るのを感じた。

「宅見君は営業なんですけど、建築士の資格を持っているので相談にのってもらうことも多いですね。それに、全国の営業担当者の中で契約棟数一位で表彰されるほど優秀で、同期として誇らしいです」

彩乃はこれまでになく饒舌《じょうぜつ》だ。よほどたくみ君とは仲がいいのだろう。同期だと強調しているが、実は彼のことが好きなのかもしれない。

「自慢の同期ってことだな」

ふと浮かんだ思いを脇に押しやり、藤吾は素知らぬ様子で呟いた。

「自慢の同期……」

「ん？」

不意に聞こえた囁《ささや》きに顔を向けると、彩乃が表情を消し、うつむいている。

今の今まで楽しげに話していたとは思えない唐突な変化に、藤吾はたじろいだ。

「気分でも悪いのか？」

藤吾は身を乗り出し、彩乃の顔を覗き込んだ。

「いえ、ち、違います」

彩乃はハッと顔を上げると、椅子の背に勢いよく身体を押しつけ首を横に振る。

「気分は、悪くないです。ただ、あの……」

彩乃は軽くうろたえ、口ごもる。

なにが言いたいのか見当がつかず、藤吾は首を傾げた。

すると彩乃はちらりと藤吾に視線を向け考え込んだ後、ためらいがちに口を開いた。

「あの。沖田さんにとって自慢の同期というのは、山――」

「お待たせいたしました」

彩乃が話し始めたと同時に料理が運ばれてきた。

「あ……」

テーブルに順に並ぶプレートを眺めながら、彩乃は気まずげに視線を泳がせている。

「彩乃さん？」

料理が揃ったタイミングで声をかけるが、彩乃は拍子抜けしたように力なく笑い、首を横に振る。

「なんでもないんです」

彩乃は一度軽く息を吐き出し、目の前に並んだ料理に目を向けた。

「美味しそうですね」

サラダチキンがメインのランチプレートを眺める声は明るい。

「なにか言いかけてなかった？」

彩乃の様子に違和感を覚え、藤吾は問いかけた。

「それは……もういいんです。気にしないでください。あ、このマカロニグラタン、温かいうちに食べた方がよさそうですよ」

「あ、ああ、そうだな」

話を逸らされたようで気になるが、すでに彩乃は目の前の料理に夢中だ。

大した話ではなかったのだろうと、藤吾も手元の箸に手を伸ばした。

昼食を終えた後、藤吾は彩乃を車に乗せて市内にある天文台に行き、ふたりでプラネタリウムを楽しんだ。

「父が宇宙とか星に詳しくて、子どもの頃からしょっちゅうプラネタリウムに連れてこられてたんだ。おかげで俺も空に興味を持つようになった」

「それがブルーインパルスのパイロットになったきっかけ？」

天文台を出て車を止めている駐車場に向かって歩きながら、彩乃は尋ねた。

ふたりで過ごすうちに彩乃から少しずつ緊張が解け、多少砕けた口調で話してくれるようになった。

藤吾は隣を歩く彩乃との距離をほんの少し詰める。

「それもあるけど、千歳《ちとせ》で暮らす祖父母の家に遊びに行った時にブルーインパルスの展示飛行を見たんだ。ちょうど航空祭があって、たまたま」

「航空祭……先週のイベントですね」

藤吾は頷く。

「ブルーインパルスの飛行を幸せそうに眺めている観客を見たのが、ブルーインパルスのパイロットを目指したきっかけ。空を飛ぶことで大勢の人を幸せにできるって知って、感動したんだ。もともと父の影響で空に興味があったのもあって、それ以外考えられなくなったな」

当時を思い返し、藤吾は懐かしさに目を細めた。

プラネタリウムと間近で見た展示飛行。それが藤吾の人生を決めたふたつの柱だ。

「今も楽しんでくれる観客の顔を見たり、力や勇気をもらったと言って感謝されたりするたびに自分の仕事を誇りに思うし、俺も勇気をもらってる」

思わず口をついて出た言葉に、藤吾は一瞬慌てた。

その言葉や気持ちに嘘はないが、いざ口にすると照れくさく居心地が悪い。

藤吾は努めて平静を装い、彩乃に視線を向けた。

「私も、同じです」

彩乃は目が合った途端立ち止まり、強い口調でそう言った。

「この間も言いましたけど、父が亡くなった時、ブルーインパルスの飛行を見て勇気をもらいました」

「……ありがとう。そう言ってもらえるとうれしいよ」

藤吾も足を止め、彩乃に向き直る。一瞬抱いた照れくささなど、彩乃には関係ないようだ。

「それだけじゃないんです」

彩乃は胸の前で両手を組み勢い込んでそう言うと、藤吾との距離を縮める。

「勇気と力、それに感謝です」

「感謝？」

彩乃は力強く頷いた。

「先週の航空祭の後、雑誌とか航空自衛隊のＨＰで見たんです。沖田さんはブルーインパルスのパイロットになるために、たくさん努力をして訓練をされてきたんですよね。犠牲にしたものも少なくないと思うし、尊敬します」

「尊敬……」

彩乃の言葉に藤吾はたじろいだ。

「そうです。私には想像できないほどの努力と強い意志がなければ、今のポジションにはたどり着けませんよね。今私がブルーインパルスの飛行を見て幸せな気持ちになれるのは、沖田さんのそんな背景があったからだと思うんです。そのことに感謝ばかりです」

「だから、感謝……？」

彩乃の真摯な言葉と眼差しが、胸に響く。

これまでブルーインパルスに配属されてからの自分が評価されることはあっても、そこに至るまでの軌跡を認めてくれた人は彩乃が初めてだ。

「今もその努力は続いているんですよね？　筋肉がないとGには耐えられないから日々のスクワットは欠かさないって書いてありました」

好奇心いっぱいの、それでいて熱っぽい眼差しを向けられ、藤吾は彩乃から目が離せない。

初めて見た時から彼女の佇まいや面差しに惹かれていたが、表面的な華やかさだけに囚われない誠実で素直な内面を知り、彼女を愛しく思う気持ちがいっそう強くなる。

「先週の航空祭でも、すごく力づけられました。ただ、沖田さんが操縦してるって初めから知っていたら、もっと感動したかも。五番機ですよね。リードソロって宅見君が教えてくれました。本当にカッコよくて感動して……フライトスーツの沖田さんを見た時は、あまりにも似合っていて見とれてしまったし、ファンの方たちに囲まれてるのを見るとなんだか寂しくて……あっ、あの」

彩乃は我に返ったように目を見開くと、一瞬動きを止めた。

「つ、つまり、父がいなくなった寂しさを、ブルーインパルスが慰めてくれたというか、癒《い》やしてくれたというか、そういうことで……それに沖田さんはとても素敵で……」

首筋まで赤くし、彩乃は身振り手振りを交えて必死で言葉を続けている。

その合間に恥ずかしそうにチラチラと視線を向ける仕草がかわいくて、藤吾は胸の奥が温かくなるのを感じた。

彼女のなにもかもが、愛おしい。

「ブルーのフライトを初めて見たのは八年前だよな」

藤吾は彩乃を見つめ、問いかけた。

彩乃はこくりと頷く。

すると藤吾は彩乃の耳元に唇を近付け、囁いた。

「その時のパイロットが俺じゃないのが悔しいよ」

「えっ……」

彩乃が息を止めたとわかり、藤吾は口元を緩めた。

思わず口をついて出た言葉だが、それは紛れもなく彩乃への想いそのものだ。

この先彼女を慰め、癒やし、そして寄り添うのは自分でありたい。

彩乃をひと目見た時から日々膨らみ続けていた想いの正体が明らかになり、藤吾は満ち足りた表情を浮かべ、彩乃の頬を手のひらで撫でた。

「あ、あの……」

彩乃はぴくりと身体を震わせ、藤吾を不安そうに見つめている。

驚くのも当然だ。

藤吾自身も今ようやく彩乃への想いをはっきりと認識したばかりだ。彩乃に自分と同じだけの想いを求めるのはまだ早い。それがわかっていても、こうして手が届く場所に彩乃がいるのだ、少しでも近付きたいと思ってしまう。

すると彩乃は顔を赤くしたままおずおずと手を伸ばし、頬を撫でている藤吾の手に自分のそれを重ねた。

「私も悔しいです。もっと早く沖田さんが空を飛ぶのを見たかったです。沖田さんがドルフィンライダーでいられるのもあと一年と少ししかないから」

「え、そのこと、知って……」

「それもこの前知りました」

彩乃は恥ずかしそうに答え、視線を逸らす。

「今は任期三年のうちの二年目だと知って、悔しかったです」

「あ、ああ」

藤吾は彩乃が自分のことを知ろうとしていたことに、胸が高鳴った。

「あ、グリーさんって呼ばれてるんですよね」

「……正解」

グリーというのは藤吾のタックネームだ。スペイン語で藤はGLICINA《グリシナ》と呼ばれていることから使っている。

「他にもたくさん出てきましたよ。あ、凛々にも教えてもらいました。たとえば以前は小松基地にいてイーグルライダーと呼ばれるF‐15戦闘機のパイロットだったとか」

彩乃は自慢げに知識を披露する。

ネットで検索すれば上位に上がってくる情報ばかりだが、初めて目にする彼女にとってはそれこそとっておきの情報なのだろう。

「グリーさんって沖田さんのイメージに合ってますけど、本当にそう呼ばれているんですか？」

「ああ。ファンの人たちから呼ばれることもあるし」

「じゃあ、私も今度展示飛行を見る機会があったらグリーさんと呼びますね」

その日を期待しているのか目をキラキラさせている彩乃に、藤吾は苦笑する。

「グリーよりも、それに沖田さんよりも、藤吾って呼んでもらえないか？」

「藤吾？　あ、あの、それは……」

彩乃は動揺し、口ごもる。

「ハードルが高いというか。そんな特別な呼び方、図々しいです」

「特別だから、そう呼ばれたいんだよ」

恥ずかしそうにうつむく彩乃の顔を覗き込み、藤吾は優しく言い聞かせる。

「特別？」

「そう。彩乃さん……いや、俺にとって彩乃は特別なんだ」

「えっ……」

彩乃は声を詰まらせ動きを止める。呼び捨てにされて、よほど驚いたようだ。

「特別だって、わかってくれた？」

藤吾は力強い言葉で繰り返す。

「嘘……」

彩乃は息を止め、信じられないとばかりに首を横に振る。

「そんな……信じられない。だって、沖田さんはブルーインパルスのパイロットになれるほど優秀なのに、なんの才能もない私にはもったいないです」

「抜擢されて仙台に呼ばれたのに才能がないわけじゃないと思うけど？　第一、才能のあるなしで人の価値は決まらないよ。俺はただ彩乃のことを特別に、大切に思っているだけ。信じてほしい」

藤吾は両手で彩乃の頬を包み込むと、お互いの視線を合わせた。

「いや、それだけじゃないな」

藤吾はこれまでになく強い視線を彩乃にぶつけた。

「好きだ。特別や大切って言葉じゃ足りないくらい、彩乃のことが好きなんだ」

「……えっと。あの……え、好き……」

突然の藤吾の告白に、彩乃は目を瞬かせている。よほど驚いているのかうまく言葉が出てこないようだ。

藤吾は彩乃から視線を逸らすことなく言葉を続ける。

「彩乃が好きだ。わかってもらえるまで何度でも言う」

気持ちを伝えるのはまだ早いと思っていたが、一度こぼれ落ちた想いは留《とど》まることなくあふれ出てどうしようもない。今この場で好きだと伝えずにはいられないのだ。

「私……あ、あの。信じられない。だって、今まで恋人なんていなくて特別って言われるのは初めてで……もちろん好きなんて言われたこともなくて」

「え、初めて……？」

混乱する彩乃の呟きに、藤吾は鋭く反応する。

男性との付き合いが得意には見えなかったが、初めてだとは思わなかった。

「仕事しかしてこなくて、あの、私、沖田さんに特別とか、す……好きだって言われても自信がないし……」

「彩乃」

藤吾は動転している彩乃の肩を軽く揺らし、呼びかける。

彩乃がこれまで誰のものでもなかったと知って、その奇跡に藤吾の心は騒いでいる。

「俺のことも、特別だと思ってほしいし、好きになってほしい」

「は、はい」

熱心に畳みかけられ、彩乃はとっさに頷いた。

「あ……っ、でも」

それでもまだ迷いを見せる彩乃を藤吾は意味ありげに見つめ、口を開いた。

「彩乃。ぴったりの名前だって、父の店で初めて顔を合わせた時から思ってた。いい名前だな」

デザートプレートに描かれていた名前を目にした時から、どんな女性だろうと密かに気になっていた。そして、名前の通り表情豊かで美しい女性が現れ、その名前が特別なものに思えるようになった。

「母が……亡くなった母がつけてくれた名前だそうです。だから特別な名前なんです」

目尻に涙を浮かべながら、彩乃は笑って見せる。

今もまだ混乱し、信じられずにいるようだ。

だとしても、彼女を手放すことは考えられない。

この先、彼女を慰め、癒やし、そして寄り添い続ける存在でいたいと改めて思う。

藤吾はホッと息を吐き出し、当然のように彩乃の手を取った。

「夕食に付き合ってもらいたいけど、時間は大丈夫?」

藤吾は駐車場までの道を歩きながら、尋ねた。確認すると、十七時を過ぎている。

「だ、大丈夫です」

上ずった声で答える彩乃に藤吾はつい笑みを漏らす。藤吾に繋がれた手が気になるのかチラチラ視線を向けては耳を赤くしている。

そんな仕草がかわいらしくて目が離せず、藤吾は繋いだ手に力を込めた。

「もしかして、沖田三佐ですか?」

不意に背後から声をかけられ、振り返った。

「こんにちは。お休みなのにお声がけしてすみません」

見ると六十代後半くらいの女性がにこやかに立っている。

藤吾は彩乃の手を離し、そっと背後に押しやった。

「蒔田《まきた》さん、お久しぶりですね」

藤吾は笑顔を返し、軽く頭を下げる。

彼女は松島基地の近くに住んでいるブルーインパルスのファンだ。

「こんな場所でお会いするなんて、驚きました」

「今日は孫を連れてプラネタリウムに。それにしても、フライトスーツ以外の三佐も素敵ですね」

穏やかな笑みを浮かべる女性の言葉に、藤吾も笑顔を返す。

「両親からはフライトスーツの方が五割増しよく見えるとからかわれます」

「ご両親には自慢の息子さんでしょうね。なんといってもドルフィンライダーですから。あ、この間の航空祭も楽しませていただきましたよ」

蒔田は軽やかに言葉を続ける。

「相変わらず山下三曹と息が合っていましたね。いつも安定感抜群です」

「彼女とは、同期ですから」

藤吾は笑顔を崩さず落ち着いて答える。

山下は藤吾が操縦する五番機の管理をする機付長であり、立場は違えどブルーインパルスに向き合う仲間だ。ふたりが揃って小松基地から松島基地に転属したことでふたりを特別な目で見るファンは多いが、お互いにその意識はない。

「あの、そちらの方は、もしかして」

蒔田は藤吾の背後にいる彩乃にチラチラと期待を滲ませた視線を向ける。

「隊員の方ではなさそうですね。だったら、もしかして沖田三佐の――」

「彼女もブルーインパルスのファンの方です」

藤吾はにっこり笑い、語気を強めて即答する。

ブルーインパルスの純粋なファンである蒔田が噂を立てるとは思わないが、彩乃に目が向けられ、ふたりの縁を前向きに受け止めてくれたばかりの彼女を、混乱させたくない。

「そうなのね」

蒔田は心なしかがっかりしたように眉尻を下げた。

「ブルーのパイロットの方はほとんど皆さんご結婚されているでしょう？　なのに沖田三佐は独身だから勝手に心配しちゃって。山下三曹とはどうかしらってファンの間で話が出ることもあるし……あ、余計なお世話ね。ごめんなさい」

「いえ、お気遣いありがとうございます」

藤吾は笑顔で蒔田の言葉を聞き流す。

チラリと背後の彩乃を見ると、うつむき息を潜めている。

もしかしたら、山下とのことを誤解しているかもしれない。

だとしたら今すぐ誤解を解きたいが、この状況では難しい。

ブルーインパルスは航空自衛隊の宣伝の役割を担っている。プライベートをファンの前で軽々しく口にしない方がいいはずだ。

それはわかっている。わかっているが。

これまでは任期を終えれば山下との噂などなくなるはずだと楽観視していたが、今は彩乃が誤解していないかどうか、気になって仕方がない。

「それでは失礼します。よければまた、航空祭にお越しください」

藤吾は落ち着いた声を意識し、蒔田に笑顔を向けた。

藤吾が運転する車が彩乃の自宅マンションの前に止まり、彩乃はゆっくりとシートベルトを外した。

「今日はありがとうございました。色々連れていってもらえて、楽しかったです」

「こちらこそ、楽しかったよ。あちこち連れ回したけど、疲れてないか？」

藤吾はハンドルの上に両腕をのせ、助手席の彩乃に顔を向けた。

「大丈夫です。疲れるどころか楽しすぎて、明日からのパワーチャージも完了です」

彩乃は胸の前で小さくガッツポーズをつくり、にこやかに答えた。

「海鮮は期待通りの美味しさだったし、夜景も綺麗で感激しました。今日一日で仙台がもっと好きになりました」

蒔田と別れ車に乗り込んですぐ、彩乃に山下とのことを説明しようとしたが、変わった様子がなかったので、なにも言わずにいた。

その後も案内した寿司屋では好物だというトロに舌鼓を打ち、仙台駅近くの高層ビルの展望スペースからの夜景にも目を輝かせていた。

誤解しているわけではなさそうだと、藤吾は改めて胸を撫で下ろす。

「仙台にはまだまだいいところがあるから、また案内するよ」

「はい。でもこれから航空祭が続くんですよね」

彩乃は照れくさそうに呟き、視線を泳がせている。

雑誌やHPでブルーインパルスについて勉強したと言っていたが、藤吾はそれがうれしくて仕方がない。

藤吾は助手席に身を乗り出し、彩乃の顔を覗き込んだ。

「見にこないか？」

「え？」

「航空祭以外にも祝賀飛行も予定されてる。見にきてほしい」

「あ……あの」

突然の誘いに、彩乃は口ごもり、目を瞬《またた》かせる。

「悪い。強引すぎるよな」

考えるよりも早く口から言葉が飛び出し、藤吾は自分の余裕のなさに苦笑する。

「だけど、ブルーインパルスをもっと好きになってほしい。それに、次は俺が操縦する五番機を見ていてほしいし」

彩乃は頷いた。

「私も、次は沖田さんが操縦してるって思いながら、見たいです。でも、どの機体も磨き上げられていて、太陽の光を浴びたらキラキラして本当に綺麗でした」

彩乃はよほど感動したのかうっとり呟いている。

「ブルーインパルスを愛する優秀な整備員たちのおかげだな。見た目の美しさだけでなく、安全に飛行できるよう全力で整備してくれるから、俺も安心して飛べるんだ」

「……整備員」

彩乃は小さく呟くと、表情を強張らせた。

「彩乃？」

藤吾はその変化に眉を寄せた。

「整備員さんの名前が、機体にレタリングされるんですよね」

彩乃はくぐもった声でぽつりと呟いた。

「あ、ああ」

各機体の全体に責任を持つ機付長の名前が機体にレタリングされているが、そのことも調べて知ったのだろう。それにしても、今の彩乃は蒔田と別れた直後と同じだ。冴えない表情でうつむいている。

藤吾はまさかと思った。

「沖田さんの機体には、山下さんの名前がありました。凜々から彼女は優秀なドルフィンキーパーで沖田さんとは強い絆で結ばれているって……」

彩乃は力なく呟き、肩を落とした。

「彩乃……」

藤吾は小さく声を漏らす。

やはり彩乃は山下のことを誤解していたのだ。口に出さなくても、ずっと気になっていたのだろう。それが今になって我慢できず、思いが口をついて出てしまったのかもしれない。

その思いが単なる誤解からではなく、嫉妬からのものであれば……。

藤吾の中に、そうであってほしいというこれまで感じたことのない感情が湧き上がってくる。

誤解してうつむく彩乃が愛おしくてたまらない。

「さっきお会いした蒔田さんがおっしゃるように、沖田さんと山下さんはお似合いだと――」

「彩乃、結婚しよう」

彩乃の言葉を遮る藤吾の力強い声が、車内に広がった。

藤吾自身、性急すぎるとわかっているが、彩乃のように表面的なものではなく本質を受け入れてくれる女性にはこの先出会えないような気がして、我慢できなかった。

根も葉もない噂と誤解で彩乃を悲しませたくない。そして手放したくない。

なにより彼女のことが、心から愛おしくてたまらないのだ。

藤吾は思わず口にした自身の言葉を頭の中で繰り返しながら、自分が望んでいたのはこれだったのだと、納得した。

第三章　初めての恋愛は結婚前提

「え……？　あの、結婚？」

彩乃は藤吾の言葉が理解できず、目を丸くする。

「あ、すみません。聞き間違いですよね」

まさかそんなことはあり得ないと、彩乃は慌てて言葉を続けた。

すると藤吾は真剣な眼差しを彩乃に向け、ゆっくりと口を開く。

「聞き間違いじゃない。俺は今、結婚しよう、そう言ったんだ」

「結婚しようって……嘘」

彩乃はぽかんとする。

藤吾とふたりで会うのは今日でまだ二度目だ。それも、一度目は困っているところを助けてもらった流れで一緒に過ごしただけ。

確かに今日は一日一緒にいてふたりの距離が縮まり、特別だと言ってもらえたが、だからといって結婚などあり得ない。

「じょ、冗談ですよね」

「そう思うのは当然だよな。さっき蒔田さんには彩乃のことをファンだと言ったし、山下とのこともちゃんと説明していないし」

「あ、それは……」

彩乃は山下の名前に動揺し視線を泳がせる。藤吾から結婚しようと言われて夢見心地でふわふわしていた感覚が、一気に現実に引き戻されたようだ。

「もちろん彩乃のことは大切な人だと言いたかった。だけどブルーインパルスのファンの目が彩乃に向けられるのは避けたかった。なによりせっかく繋がった俺たちの縁を、そのことでダメにしたくなかったんだ」

藤吾は苦笑し、気持ちを整えるように深く息を吐き出した。

「今思えば蒔田さんのような純粋なファンの方には正直に説明しても問題なかったな。彩乃を手放したくない想いが強すぎて、慎重になった」

「手放したくない……」

彩乃は自嘲気味に肩を竦める藤吾をチラリと見つめ、頬が熱くなるのを感じた。正直、藤吾の蒔田への言葉はとくに気にならなかったのだ。今も藤吾が話題にしなければ思い出すことはなかったはず。山下との親密な関係性や強い絆を聞かされて気持ちに余裕がなく、それどころではなかったからだ。

「山下のことは……」

再び耳に届いたその名前に、彩乃はどんな話が続くのかと藤吾を力なく見つめる。

藤吾は彩乃の緊張を察してか、一度優しく目を細めゆっくりと口を開いた。

「山下と俺は同期で、彼女は今俺が操縦する五号機の担当整備士。簡単に言えば俺たちはそれだけの関係だ。だから誤解しないでほしい」

「はい……」

揺れることのない藤吾の瞳を前に、彩乃は頷いた。藤吾が嘘を言ったりごまかしたりしているとは思えない。

けれど、それだけの関係というのは不自然な気がした。

航空祭の時に見たふたりの息が合った動き、そして雑誌やネットの記事を思い出すと、多少大袈裟に書かれているかもしれないが、ふたりに強い絆があるのは確かだ。決して〝それだけ〟という枠に収まるとは思えない。

「もちろん、俺は山下の整備士としての技術や高い向上心を尊敬しているし、信頼もしている。長く同じ基地で同じ方向を見ながら仕事をしているから俺たちの関わりを想像する声があるのは知っているが、それは俺と山下との間にブルーインパルスがあってこそ。俺たちに誤解されるような感情が絡むことはないし関わりもない」

「そ、そうなんですね」

藤吾の淀みのない力強い声が、彩乃の胸にじわりと染み渡っていく。真摯な表情と声音も相まって、今聞かされたすべてが真実なのだろうとわかる。これ以上誤解し続けるのが申し訳なく思えるほどだ。

彩乃はいつの間にか握りしめていた手を解き、肩の力を抜いた。自覚していた以上に山下の存在を意識していたのかもしれない。

「だから、俺と山下とのことでなにか耳にしても、気にする必要はないんだ」

藤吾はそう言って、彩乃の反応をうかがった。

「わかりました。あ、あの、わざわざ説明してくださって……ありがとうございます」

彩乃から尋ねたのではなく、藤吾から話を切り出してくれたことがうれしい。彩乃が誤解しないよう、気遣ってくれたのだろう。

「それは当然。本当なら結婚しようと伝える前に言っておくべき話だったな。つい気持ちが抑えられなくて――」

「結婚って、あの、……それって本気じゃないですよね？　冗談だとばかり……」

彩乃は混乱し、戸惑いの声をあげた。

「冗談じゃない。本気だ。ただ俺はブルーの任期が終われば松島から離れるし、彩乃も一年後には東京に戻る。だから初めはあきらめるつもりだった。だけど、ブルーインパルスの飛行を見て勇気をもらったと言ってもらえて……それだけじゃない、今までブルーインパルスに配属されてからの俺を評価する人はいても、そこに至るまでの過程を認めてくれた人は彩乃が初めてだ。俺自身を理解しようとしているのを知ったら、もうダメだった。彩乃のそばで生きていきたい。その気持ちに嘘はない。本気だ」

「沖田さん……」

真摯な眼差しで熱心に想いを口にする藤吾に、彩乃は呆然とする。

藤吾の言葉を何度も頭の中で繰り返すが、理解が追いつかない。

「一方的に気持ちを押しつけられて、困るよな」

「いえ……」

強い想いが込められた目でまっすぐ見つめられ、彩乃はこれが冗談でも夢でもないのだと実感する。

「思いつきで言ってるわけじゃないんだ。彩乃を困らせてるとわかっていても、俺の気持ちは変わらない」

「でも、私、今まで恋愛をした経験がなくて、それで結婚って……それも相手が沖田さんのような、エリートのドルフィンライダーなんて、私にはもったいないです」

藤吾は防衛大学校を卒業したエリート自衛官で、この先階級が上がり幹部の道を進んでいくはずだ。

「なんの取り柄もない、それこそ仕事ばかりで恋愛とは全然縁がない私じゃ沖田さんとつり合いません。だから――」

「彩乃」

「えっ」

藤吾の低い声が耳に響いた次の瞬間、彩乃の身体は藤吾に抱き寄せられていた。

「あの、沖田さんっ」

藤吾の胸に顔を押しつけられ、身動きが取れない。おまけにこんな状況は初めてで、どうすればいいのかまったくわからない。

あっという間に大きくなった鼓動の音を聞かれたりしないかと、恥ずかしくて息を潜めていると。

「それは違う」

吐息交じりの甘い声が、耳元に落とされた。

「んっ……」

初めて感じる刺激が全身を走り抜け、身体がぴくりと震えた。

「つり合わないなんて考えなくていい。俺がブルーインパルスに真摯な気持ちで向き合っているように、彩乃も自分の仕事に熱心に取り組んでる。それでいいんじゃないか？」

「でも」

「恋愛だって、今まで縁がなかったなら、これから俺と恋愛すればいい」

「これから……」

彩乃はぼんやり呟いた。

これまで男性から告白されたことはあるが、仕事が忙しいのを理由にいつも断ってきた。

ピンとくるものがなかったのと、相手と一緒にいる未来が想像できなかったからだ。

今はまだ具体的な未来は想像できなくても、藤吾との恋愛を断りたくない。

けれど。

「でも、結婚なんていきなりすぎて、考えられなくて……。あの、お、お付き合いからじゃダメですか？」

結婚は現実的ではないにしても、藤吾との縁をここで手放したくはない。

彩乃はおずおずと顔を上げ、藤吾の様子をうかがった。

すると藤吾は彩乃の顔を見下ろし、苦笑する。

「結婚に向けた付き合いと思っていいよな」

念押しするような藤吾の言葉に、彩乃はコクコクと頷いた。

「は、はいっ。本当に私でいいのか自信はありませんが、よろしくお願いします」

「いいに決まってる」

藤吾は当然とばかりに呟き、そっと彩乃の身体を離す。

「この先、俺の気持ちは変わらない。彩乃が俺と結婚したいと思えるまで、そばにいて待つつもりだ」

藤吾は彩乃を見据えて堂々と宣言する。

「必ずその気にさせてやる」

「は……はい」

藤吾の強い想いに胸がじわりと熱くなる。彩乃はこれまで知らずにいた甘い感覚に、全身から力が抜けていくのを感じた。

思わずくらりと身体が揺れ、とっさに藤吾の胸に手を置いた。

「彩乃」

頬に藤吾の吐息がかかり、彩乃は顔を上げた。

熱を帯びた藤吾の瞳が、まるで彩乃の反応をうかがうようにゆっくり近付いてくる。

「あ、あの、沖田さん」

互いの吐息が重なるほどの近い距離。彩乃は身動きひとつせず、藤吾を見つめた。

「違う」

藤吾はふっと笑みを漏らし、彩乃の頬を両手で包み込む。

「藤吾と呼んでくれないか？」

藤吾の顔が、ゆっくりと近付いてくる。

「藤吾さん」

彩乃が夢見心地で特別な名前を呟いたと同時に。

「ん。それでいい」

色気のある声とともに、唇に落ちてきた柔らかな熱。

彩乃は生まれて初めてのキスに、そっと目を閉じた。


翌朝、彩乃は夢見心地の気分のまま出勤した。

昨夜は藤吾から結婚を申し込まれるという思いがけない出来事が信じられず、ベッドに入ってもなかなか眠れなかった。結局夜通し寝返りを繰り返し、気付けば夜明けを迎えていた。

やはりあれは夢だったのではないかと、業務に就いた今も考えてしまう。

けれどそのたび頭に浮かぶのは〝結婚しよう〟と彩乃を見つめる藤吾の真摯な眼差しだ。そして今も思い出せる、藤吾の唇の熱。

彩乃は指先でそっと唇に触れ、藤吾の熱い吐息を思い出した。

夢じゃない。

彩乃は自分にそう言い聞かせ、始まったばかりの藤吾との恋愛を思い、微かに唇を緩ませた。

その時。

「内装は、この価格帯のモデルハウスで従来採用していたプランをメインに据えて進めていきたいと思います」

耳に飛び込んできた田尾の声に、彩乃は慌てて姿勢を正した。

出社してすぐにモデルハウスの担当者が集められ、打ち合わせが始まっていたのだ。

「あの、モデルハウスの件ですが、少しいいでしょうか」

彩乃は気持ちを切り替え、手元の資料を他のメンバーに配った。

それは眠れないまま夜明けを迎え、早々に起き出して作った資料だ。

すでに採用が決定している家具と、検討中の家具を配置した間取り図でダイニングルームのテーブルには小関家具と添え書きされている。

「相変わらず小関家具のダイニングテーブルなのね」

資料に目を通しながら、田尾が苦笑交じりに呟いた。

「はい」

彩乃は立ち上がると、身を乗り出し田尾に答えた。

「従来のプランをある程度採用するのはいいと思いますが、一部変化を加えて目新しさを出してもいいと思います」

田尾からチラリと視線を向けられ、今回はどんな反応が返ってくるのかと緊張し、ぐっと手を握りしめる。

田尾は資料を脇に置くと、彩乃に鋭い目を向けた。

「確かに目新しさを取り入れるのはありだけど、職人さんのＯＫが出ないならそれどころじゃないでしょう？　以前小関家具の商品を採用したモデルハウスの資料を確認したけど、当時もダイニングテーブルの職人さんのＯＫをもらえなくて結局別メーカーに切り替えたって記録が残っていたわ」

田尾は迷いのない声で問いかける。

「ＯＫはまだもらえていません。ですが、今日も午後からうかがってお話しさせてもらうつもりでいます」

「だったら話にならないわ」

田尾は彩乃に身体を向け、冷静な口調で答える。

「これまでのことを考えても職人さんのＯＫがもらえるとは思えない。あきらめるべきだわ」

「……ですが」

彩乃は田尾の強い声音に圧倒され、肩を落とした。

田尾の考えはもっともで理解できるのだが、簡単にあきらめられそうにない。

家を建てる喜びや幸せを伝えるためにも、従来のモデルハウス以上に細部にこだわって、お客様の満足度を高めたい。

気付けば昨夜から続いていた夢見心地のふわふわした気分は、跡形もなく消えている。

結局、その日小関家具の工房を訪れた時、職人は仕事が立て込んでいるからと言って会おうともしてくれなかった。

その週の土曜日、彩乃は仕事を終えたその足で仙台駅に急ぎ、電車で藤吾の自宅に向かった。

一時間ほどの道中は終始緊張が続き、停車駅で扉が開くたび降りてしまおうかとも考えたほどだ。

それでも最寄り駅に着き、迎えにきてくれた藤吾の顔を見た途端、緊張以上の喜びが全身に広がった。

藤吾との付き合いが始まって一週間。日に何度か届くメッセージに頬を緩めスマホ越しに聞こえる声に胸を躍らせていたが、顔を見ただけでこれほど幸せな気持ちになれるとは、想像していなかった。

恋愛経験ゼロで過ごしてきたこれまでを、彩乃はほんの少し後悔した。

とはいえこうして幸せな気持ちになれるのは相手が藤吾だからだ。他の男性との恋愛で、ここまで幸せになれるとは思えない。

彩乃は改札を抜けて藤吾のもとに駆け寄りながら、初めての恋人が藤吾でよかったと心底思った。

「おつかれさま。仕事は大丈夫だった？」

藤吾は彩乃が持つトートバッグをそっと手に取り、優しい笑みを浮かべた。

「あ……あの、ありがとうございます」

当然のようにバッグを受け取った藤吾の自然な動きに、彩乃は感動する。こんな風に男性から大切にされるのも初めてだ。

「いい時間だから、まずはどこかで食事をしていこうか？」

時計を見ると十九時を過ぎたばかり。確かに夕飯時であり、このまま直接藤吾の家にお邪魔する前にもう少し気持ちを整える時間も欲しい。

彩乃は案内された店の暖簾《のれん》をくぐりながら、緊張を解くように深呼吸した。

夕食を終えて向かった藤吾の自宅は松島基地から車で二十分ほどの場所にあり、オートロックはもちろん、日中は管理人が常駐しているセキュリティに配慮されたマンションだった。

白を基調とした2ＬＤＫの室内はすっきり片付けられていて、彩乃はリビングのソファに腰を下ろし、室内を眺めながらそわそわしていた。

男性の家を訪れるのは初めてで、勝手がわからず居心地が悪い。

「コーヒーでよかった？　紅茶と緑茶も用意できるけど」

ローテーブルにコーヒーを置き、藤吾は彩乃の隣に腰を下ろした。

「ありがとうございます。コーヒーで大丈夫です」

「土曜日も仕事なのに、わざわざ来てくれてありがとう」

「いえ、全然っ」

藤吾の体温を間近に感じ、彩乃は頬を赤らめる。

ふたりきりに慣れていないせいで、どこを見ればいいのかもわからない。

「さっきの店にも連れていきたかったんだ。彩乃がなにより好きなハンバーグが美味しいって有名な店だから」

藤吾はそう言って、おかしそうに笑う。

緊張でぎこちなさ全開の彩乃と違い、藤吾はかなりリラックスしている。

「彩乃、あっという間に完食してたな」

藤吾のからかい交じりの声に、彩乃は小さく笑みを漏らす。

「すごく美味しかったです。仙台牛のハンバーグなんて、贅沢《ぜいたく》ですよね」

夕食は藤吾おすすめのステーキ専門店に行ったのだが、そこは美味しいハンバーグも有名で、彩乃は迷わず注文した。

「昨日、藤吾さんから家に来ないかと誘ってもらった時には驚きましたけど、あの美味しさなら納得です。人に勧めたくなりますよね」

自宅に招いてまで連れていってくれたのも納得の、絶品のハンバーグだったのだ。

「姉にも教えてあげたいです。でも、姉のことだからもしかしたら知ってるかも。え、藤吾さん？」

ふと隣を見ると、藤吾が目を丸くし、彩乃をまじまじと見つめている。

「あの？」

突然黙り込んだ理由が見当たらず、彩乃は不安になる。

「あ、ああ。いや、そうくるとは想定外で。でも、彩乃ならおかしくないか」

藤吾は我に返ったように呟くと、肩を震わせ笑い声をあげ始めた。

「想定外って、あの、なんのこと……？　私、なにかおかしなことでも……」

彩乃はきょとんとする。

場違いなことを言ってしまったのかと焦るが、見当がつかない。

「悪い。彩乃はなにも悪くないんだ。ただ俺の言葉が足りなかっただけの話」

「足りない……言葉？」

彩乃は首を傾げる。

「ああ。遠回しに言っても彩乃には伝わらないって気付くべきだった」

「……遠回し？」

藤吾は軽く頷きソファの上で彩乃と向き合うと、その距離を詰めた。

「あ……っ」

膝が触れ合い、彩乃はつい声をあげた。

部屋にふたりきりだと強く実感して、恥ずかしくなる。

「彩乃」

「は、はいっ」

藤吾の甘い声に身体が震えたと同時に両手を掴まれ、ぐっと引き寄せられる。

藤吾の硬い胸に頬を押しつけ、彩乃は息を止めた。

「少しでも長く一緒にいたいから、うちに泊まりにおいで」

「藤吾、さん？」

直接耳に届いた藤吾の言葉に、彩乃は顔を上げた。

「昨日そう言えば、勘違いせずに済んだ？　うちに遊びに来ないかなんて言葉足らずだったな。まさかハンバーグのために呼ばれたって誤解するとは、思わなかった」

「そんな……あの。でも」

「嘘じゃない。ほんの少しの時間でも会いたいし、できるだけ長く彩乃と一緒にいたい。好きだから、当然。ここまで言えば、俺の気持ちはちゃんと伝わってるよな」

藤吾は彩乃をまっすぐ見つめそう言い聞かせると。

彩乃を抱き寄せ、キスを落とした。

「これからどうすればいい……？」

入浴を済ませた藤吾が髪を乾かすドライヤーの音を聞きながら、彩乃はオロオロする。今まで男性の家に泊まったことがないどころかふたりきりになったこともない。

こういう時、いったいどうするのが正解なのか、なにも浮かんでこない。

「熱い……」

藤吾より先に入浴を済ませて熱くなった身体は、いっそう熱を帯び始めたようだ。

急遽《きゅうきょ》藤吾の家に泊まることになり、貸してもらったトレーナーとスウェットもぶかぶかで、このシチュエーションだけでもさらに熱が上がってしまいそうなほど照れくさい。

ローテーブルの上に置かれた炭酸水を口に含んでみるが熱が引く気配はなく、ラグの上で膝を抱え、ため息をついた。

恋愛経験がないとはいえ、男性の家でふたりきり、ましてやひと晩をともに過ごすのだ。それがどういう意味を持つのかはわかっている。

初めてのキスを交わし、その先に待つのがなんなのか、知らないわけじゃない。

いつかは私も……と夢見たこともある。

ただ、出会ってまだ三週間。おまけに顔を合わせたのも片手で足りるほどなのに、こうして藤吾の家に泊まるのが正解なのかどうか、わからない。

いざこうして藤吾の家を訪れ入浴まで終えた今になって、早すぎたのではないかと悩んでしまう。

多くのカップルは、どんなタイミングで恋人との初めての夜を迎えているのだろう。

藤吾がリビングに戻ってきた時、まずはどうすればいいのか。誰か教えてほしい。

彩乃はチラリと洗面室に視線を向け、うなだれた。

「え……電話？」

目の前のローテーブルに無造作に置かれていた藤吾のスマホの画面が光り、音を立てている。

見ると画面には【佐伯《さえき》】と表示されている。

「佐伯さん……？」

藤吾の口から聞いた記憶がない名前だが、自衛隊の人だろうか。

「……どうしよう」

スマホを見つめ、彩乃は困り果てる。相変わらずドライヤーの音は続いていて、藤吾は着信音に気付いていないようだ。

しばらく考え、彩乃はスマホを手に洗面室に急いだ。

自衛隊のことはなにもわからないが、緊急の用件かもしれない。だとすれば大変だ。

「藤吾さん、電話がかかってきて——えっ」

洗面室に駆け込んだ彩乃は上半身裸の藤吾の姿が目に入り、思わず声をあげた。

今まで服に隠れていてわからなかったが、鍛えられた身体は逞しく、バランスよく筋肉がついていて美しい。

父親以外の男性の裸を見るのは初めてで、照れくさくて恥ずかしく、ドキドキが止まらない。

それでもまるで美術品のような身体から目が離せず、見とれてしまった。

「悪い」

すでにドライヤーの音は消え着信音だけが響く中、藤吾はスマホを受け取ろうと手を伸ばした。

「きゃっ」

彩乃は我に返り、とっさに後ずさる。目の前に藤吾の鍛えられた身体が迫り、息が止まりそうだ。

「あ、ごめんなさい。もしかしたら緊急かもしれないと思って……」

彩乃は顔を真っ赤にしながら視線を逸らし、スマホを藤吾に押しつけた。

「わざわざありがとう」

「いえっ」

藤吾の言葉を背中で聞きながら、彩乃は急いでリビングに戻った。

テーブルに残っていた炭酸水を飲み干すが、すでに炭酸が抜けている。

おまけに藤吾の身体が頭の中から消えず、心臓はトクトクと暴れたまま落ち着きそうにない。

「はあ……」

彩乃はラグの上に力なく腰を下ろした。

今日これからなにがあるのかわかっているつもりでいたが、やはり甘かった。裸を見ただけでここまで動揺するとは、改めて自分の恋愛偏差値の低さに情けなくなる。

すると洗面室から藤吾の話し声が聞こえてきた。

なにを話しているのかまでは聞き取れないが、落ち着いた話し声から察すると、仕事の話のようだ。

思いがけずドキドキしうろたえてしまったが、スマホを届けたのは正解だったとホッとした。

「助かったよ。ありがとう」

「は、はいっ」

いつの間にか電話を終えた藤吾がリビングに現れ、彩乃は慌てて振り返る。

一瞬さっき目にした裸の姿を思い出すが、Tシャツを着ていてホッとする。

彩乃は頭を軽く振り、気持ちを切り替えた。

「佐伯って小松基地にいる同期なんだ。結構急ぎの用だったから、気を利かせてくれて助かった」

藤吾は彩乃の傍らに腰を下ろすと、躊躇なく彩乃の肩を抱き寄せた。

いきなり抱き寄せられ、彩乃は目を丸くする。頬に触れる藤吾の白いTシャツから柔軟剤の香りがして、ドキリとする。藤吾はシトラス系が好きなのかもしれない。

「お役に立ててよかったです」

落ち着かない鼓動を意識しながらそわそわしていると、藤吾がふと思い出したように口を開いた。

「急な話で申し訳ないけど、来週、三沢《みさわ》に来ないか？」

「ら、来週……三沢ですか？」

「ああ。三沢基地で航空祭があるんだ」

期待混じりの柔らかな声に、彩乃はつい頷きそうになる。

「展示飛行で俺も飛ぶから、見にきてほしい」

「えっと……」

彩乃は口ごもる。もちろん行きたいが、残念ながら次の土日は仕事が入っている。

「実はこの間の展示場でイベントがあるので……残念ですが、無理なんです」

彩乃は悔しげに眉を寄せ、肩を落とす。

「せっかくですが、今回のイベントはどうしても休めないんです。来場者から専門的な質問をされた時に営業に代わって答えられるように、設計が手伝いに行くんです」

「へえ。あそこでイベントか……。なにもなければ俺も行ってみたかったたな」

彩乃同様、藤吾も悔しそうに顔をしかめている。

「はい、次はぜひ来てください。露店も並んで楽しいんですよ」

「お祭りみたいだな。だけど、質問されたら間違えられないし、大変だな。慣れてるのか？」

藤吾は興味深そうに問いかける。

「はい。今まで何度か駆り出されたことがあるので大丈夫だとは思うんですけど。本社とは土地柄が違うのでどんな質問があるのかわからなくて緊張してます。でも、今回は宅見君と同じ時間帯の当番なので、少し気楽です」

藤吾の胸に抱き寄せられ、おまけに肩に感じる手の温もりが気になり、聞かれてもいないことをつい口走ってしまう。

「へえ。その……イベントってよくあるの？　それにたくみ君も一緒なのか？」

頭上から藤吾の尖った声が聞こえ、彩乃はゆっくりと顔を上げた。

イベントに来られないのがよほど悔しいのか、藤吾は眉をひそめ、口元を歪《ゆが》めている。

「あの、展示場のイベントは年に何度かあるので、その時にまた――」

「彼……たくみ君とは一緒になることが多いのか？」

彩乃の言葉を遮り、藤吾はさらに鋭い声で問いかける。

「そうですね。営業と設計は一緒に仕事を進めることが多いんです」

彩乃は首を傾げ、答えた。宅見が気になるようだが、前に優秀な営業だと話したことを覚えていて、彼に興味があるのかもしれない。

「今回は初めての仙台で勝手が違う私をサポートするために私とペアを組みたいと宅

見君の方から手を挙げてくれたそうです。実は不安だったので、ありがたいです」

そこまで宅見に気を遣わせてしまい申し訳ないが、今回だけは頼らせてほしい。

「自分から手を挙げて、か。彩乃をかなり心配してるんだな」

藤吾は淡々とした口調で呟き、彩乃を抱く手に力を込める。

「そうなんです……申し訳ないですよね」

彩乃は力なくそう言って、藤吾の腕の中で身体を小さくした。

藤吾は彩乃が宅見のサポートが必要なほど頼りないことを察し、こうして抱き寄せて励ましているのだろう。

宅見だけでなく藤吾にまで気を遣わせてしまい、それこそ申し訳ない。

「申し訳ない……？　いや、俺の言い方が悪かった。彼は彩乃のことが気になって、サポートがしたくて仕方がないはず——」

「大丈夫ですよ。気を遣わせてごめんなさい。でも、ありがとうございます」

彩乃を心配してくれる藤吾の優しさがうれしくて、笑顔で答えた。

「宅見君に心配されているのは自覚してます。相談にのってもらうことも多いし、私って頼ってばかりの面倒な同期なんです。だから週末はせめて宅見君の足を引っ張らないように頑張ってきます。藤吾さんも、ファンの方のために頑張ってください」

「……あ、ああ」

「その日は基地の様子がＳＮＳにたくさん投稿されますよね。イベントの合間にチェックして藤吾さんを応援しますね」

会場に出向いて直接藤吾の飛行を目にしたいが、今回は仕方がない。

彩乃は悔しさを我慢し、藤吾に笑顔を向けた。

「彩乃……」

藤吾は気が抜けたように呟くと、困ったように眉を寄せた。

「藤吾さん？」

黙り込んだ藤吾を見つめ、彩乃は首を傾げた。その途端、藤吾の両手が腰に回され、正面から抱きしめられる。

「会うたび好きになって、どうしようもない。早くその気になれ」

藤吾はくぐもった声で呟くと、彩乃をさらに強く抱きしめた。

彩乃は膝立ちのまま勢いに任せ、藤吾の首にしがみつく。

「その気って、あの」

藤吾は彩乃の肩にこてんと額をのせ、大きく息を吐き出した。

「結婚はしばらく待つつもりだが……」

「……あの？」

「今夜はもう、待つつもりはない。……大切にする」

藤吾は熱っぽくそう言うと、彩乃がこくりと頷くのを待ってキスを落とした。

「彩乃を俺のものにしたい」

「……私も藤吾さんのもっと近くにいたいです」

彩乃がそう言い終わるや否や藤吾は彩乃を抱き上げ、迷いのない足取りで歩き出した。

「彩乃。好きだ」

ほの暗い寝室に響く藤吾の低い声に、彩乃は全身を震わせた。

すでになにも身につけていない身体は熱を帯び、どこに触れられても刺激が走る。

「藤吾さん……」

彩乃は閉じていた目をそっと開いた。

ベッドに運ばれてからかなりの時間が経ったような気がするが、緊張が続いているせいか、はっきりわからない。

「……大丈夫か？」

彩乃を見下ろす藤吾と目が合い、彩乃は微かに頷いた。

藤吾の手で丁寧にほぐされた身体は力が入らず、指一本動かすのも億劫だ。

藤吾の均整が取れた逞しい身体を見ても、今はもう目を逸らすことすらできない。

「キス、好きになった？」

「……好き」

掠《かす》れた声で小さく答える。

特別な相手とのキスだ、好きになるに決まっている。藤吾と出会うまで、そんなことも知らなかった。

「好き……藤吾さんのことも」

わずかに残っている力を振り絞り、想いを伝える。

好きな相手に好きだと気持ちを伝えることで、これほど幸せな気持ちになれるとは、想像もしていなかった。

「彩乃……」

ベッドサイドの明かりにゆらめく瞳がそっと近付いてくる。

ここで何度交わしたのかわからないほど繰り返されたキスに、彩乃は慣れない動きで応える。柔らかな唇が彩乃のそれと重なっては離れ、次第に藤吾の口から吐息が漏れ始めた。

「彩乃……」

お互いの声しか聞こえない寝室はしっとりとした空気が漂い、カーテンを閉め切った窓からは、月明かりすら入ってこない。

まるで世界にふたりしか存在しないような錯覚の中、彩乃は藤吾の首に両腕を回した。

その瞬間、藤吾の唇が強く押しつけられ、こじ開けられた唇の隙間から、熱い舌が入り込んできた。彩乃の舌を搦《から》め捕り、楽しむように甘噛みを繰り返している。

「……んっ」

息苦しさに声があがり、恥ずかしさでさらに身体が熱くなっていく。

その直後、藤吾の指先が彩乃の胸の一番敏感な部分をさらりと撫でる。その手は続けて脚の間に滑り下り、たっぷり濡れた場所を自信に満ちた動きで刺激した。

「ああっ」

初めて知る感覚が背中をぞくりと駆け抜け、彩乃の身体は大きく跳ねた。

一瞬意識が遠のいた気がしたが、いったいなにが起こったのかわからず不安になる。

おまけに今にも蕩《とろ》けてしまいそうな身体では、考えたくてもまともに考えられない。

「彩乃」

藤吾は脱力する彩乃の耳に唇を寄せ、吐息とともに呼びかけた。

「彩乃を抱きたい。俺のものにしたい」

切羽詰まったその声に、彩乃は胸の奥が温かくなるのを感じる。

「うん……」

藤吾の言いたいことは、わかっている。そして、自分自身もそれを望んでいる。

彩乃は藤吾の思いに応えるように藤吾の身体に寄り添った。

すると、藤吾の大きく熱い手が彩乃の両脚を大きく開き、そして。

彩乃の反応を探るような柔らかな愛撫を何度か繰り返した後、藤吾は彩乃の中にゆっくりと腰を押し進めた。

「あ……んっ」

藤吾の硬い熱を身体の奥で受け止めた彩乃は、身体をのけ反らせ声にならない声をあげた。

初めて知る痛みは想像以上で、とっさに腰を引いたほど。

「悪い……痛いよな」

藤吾は動きを止め、熱い指先で彩乃の頬にかかる髪を優しく梳《と》く。

「ううん……大丈夫。んん……っ」

経験したことのないほどの強い痛みだが、不思議なことにそれが徐々に心地よい疼《うず》きに変わっていく。

「と、藤吾さん……」

彩乃はゆっくりと再開した藤吾の動きに応えながら、これまで感じたことのない多幸感に震えていた。


「……んっ」

全身に残る鈍い痛みに思わず声を漏らした。

「え、ここって……」

彩乃は慌てて起き上がり、辺りを見回した。ベッドサイドの明かりだけの室内はほの暗く視界がはっきりしないが、サイドテーブルに綺麗に畳んで置かれたぶかぶかのスウェットを目にしてなにもかも思い出した。

「あ……私」

ここは藤吾の家の寝室だ。

初めて訪れ、そして――。

彩乃はあわわと焦り、なにも身につけていない身体に足もとにあったブランケットを巻きつけた。

「私、藤吾さんと」

彩乃は身体の深い部分に残るこれまで感じたことのない違和感に顔を赤らめた。喉に残る微かな痛みの原因にも思い当たり、恥ずかしすぎてさらに全身に熱が広がっていく。あれだけ声をあげたのだ。喉が痛むのも当然。

「やだ……」

ダブルサイズよりも広いベッドの上で、彩乃は両手で顔を隠し、うなだれた。

藤吾は体力仕事の職業柄、睡眠時間を大切にしているらしくベッドは余裕のあるサイズを用意していると言っていた。

「全部覚えてる……。す、好きって言っちゃった……恥ずかしい」

藤吾の手の強さや漏れ聞こえた吐息や、夢中になりすぎてついこぼれた自分のものとは思えない誘うような甘い声が蘇り、彩乃は勢いよくベッドに突っ伏した。どんな顔で藤吾に会えばいいのかわからない。

「え？　藤吾さん？」

ふと藤吾の姿が見えないことに気付き、彩乃は高ぶる気持ちをどうにか落ち着けてもぞもぞと顔を上げた。藤吾が寝ていたはずの場所はすでに冷たく、かなり前からここにいないようだ。

彩乃はサイドテーブルの上に置かれていたトレーナーを素早く身につけ、そっと寝室を出た。

見るとリビングからは明かりが漏れていて、藤吾の話し声が聞こえてきた。

「電話……？」

もしかしたら仕事の話かもしれないと思い、足音に気を付けながらリビングに近寄り部屋を覗くと、ソファに座りスマホに向かって話している藤吾の後ろ姿が目に入った。

「小松にいた時から、今も気持ちは変わってないよ」

優しい声音で話しかける藤吾の言葉に、彩乃は動きを止めた。小松と言っていたが、小松基地のことだろうか。やはり仕事の話をしているようだが、それにしては砕けた口調なのが気になる。

「それが山下の長所であり、魅力だろう？　そこに惚《ほ》れたんだよ」

思いがけない名前を耳にし、彩乃はぴくりと身体を震わせた。確かに今、山下と聞こえた。そして、惚れたとまで言っている。

それだけでもかなりの驚きでにわかには信じられないというのに、その声音は愛情深く聞こえ、とても親しげだ。

「嘘……」

彩乃は呆然とその場に立ち尽くした。

山下とは単なる同期だと言っていたのに、それは嘘だったのだろうか。わけがわからない。

今も藤吾はスマホに向かって穏やかに語り続けている。山下がなにかを訴えていて、それに優しく答えているようだ。それが当然のように、丁寧に根気よく。

「お前しか愛してないよ」

ひときわ甘い声がリビングに響き、彩乃は息をのんだ。

「や……やだ」

これ以上藤吾の声を聞いていられず、彩乃はよろよろと寝室に戻った。どうして自分が今ここにいるのかもわからず、混乱している。

「帰りたい……」

寝室に入るなり部屋の明かりを灯すと、片隅のチェストの上には彩乃のトートバッグが置かれ、脱ぎ捨てた服が綺麗に畳んであった。

彩乃は借りていたトレーナーを脱ぎ、素早く着替えた。

突然の展開に心が追いつかない中、淡々と身体を動かす。こうでもしていないと泣いてしまいそうなのだ。

それでもふとした瞬間に頭に浮かぶのは、航空祭で機体の正面に立ち、手信号のような動きで藤吾とやり取りしていた山下の姿だ。

整然と任務をこなす彼女はとても凛々しく、カッコよかった。

山下は全国の整備員の中でも選《え》りすぐりの優秀な整備員で、藤吾の隣に立っても見劣りしないどころか全力で彼を支え、守っている。

男性との体型的な違いはあれど、彩乃の目には他のどの整備員よりも逞しく見え、目が離せなかった。

藤吾が彼女に惹かれ『お前しか愛してないよ』と甘く囁くのも無理のない話かもしれない。

というより、なんの取り柄《え》もなく藤吾の仕事について知識が浅い自分では、山下に敵うわけがないのだ。同じ土俵に立つことすらできないだろう。

彩乃は改めて自分と山下との立場の違いを実感し、肩を落とした。

時計を見ると、とっくに日付が変わっている。こんな時刻に電話でやり取りができることを考えても、藤吾と山下は仕事以外でも親しいとわかる。

山下との間に誤解されるような感情が絡むことはないし関わりもないと言っていたのは、嘘だったのだろうか。

彩乃は手早く荷物をまとめたトートバッグを手に取り、目の奥が熱くなるのをこらえるように首を横に振った。

やはり藤吾と山下との間に深い関わりがあるとわかった今、ひとまずここを出て、落ち着きたい。乗車アプリでタクシーを呼べば、問題なく自宅まで帰れるはずだ。

帰り支度を終えた彩乃はそっとドアを開け、寝室を出た。すでにリビングは静かで、バスルームからシャワーの音が聞こえる。

藤吾はどうやらシャワーを浴びているようだ。

どう説明してこの家を出ようかと悩んでいた彩乃は、このタイミングで出ようと決め、玄関に急いだ。

けれどパンプスを履き、いざ家を出ようとした時、戸締まりをどうすればいいのだろうとハッとした。

真面目で用心深い性格がここでも顔を出し、早く帰りたいと思いながらも実行できずにいると。

「彩乃？　ベッドにいないからどうしたのかと心配して……え？　帰るのか？」

シャワーを終えた藤吾が、スウェットをはいただけの姿で玄関に現れた。彩乃が帰ろうとしているのを察し、顔色を変えている。

「あ、あの、私……」

彩乃はじりじりと藤吾と距離を取り、どう説明すればいいのかと口ごもる。

「いったいどうしたんだ？　まさかご家族になにかあったのか？　だったら俺も一緒に行くから」

ハッとした表情を浮かべ心配する藤吾に、彩乃は首を横に振る。

「違います。家族は関係なくて……ただ……」

藤吾に山下との会話を聞いてしまったと言うべきか迷うが、動揺が激しくうまく言葉にできそうにない。

「彩乃？　ひとまず部屋に戻ろう。なにがあったのか落ち着いて話してくれないか？」

藤吾は言い聞かせるようにそう言って、彩乃からバッグを受け取ろうと手を伸ばした。

「でも……」

部屋に戻っても、うまく話せそうにない。

彩乃は藤吾の手をやんわり避け、さらに距離を取る。

するとその時、棚に置かれていたフォトフレームがカタンと音を立てた。

見ると藤吾を中心に集まったドルフィンライダーとドルフィンキーパーの制服を着た面々が笑みを浮かべている。そこには山下もいて、生き生きとした笑顔で藤吾の隣に並んでいる。

「あ……」

やはり彼女には、敵わない。

彩乃は全身から力が抜けていくのを感じた。藤吾の隣になんの違和感もなく並べるのは、やはり山下なのだ。

「私には無理です……」

彩乃は写真を見つめながら、ぽつりと呟いた。

「彩乃？　今、なんて？」

戸惑う藤吾の声に視線を上げると、不安げな表情で彩乃を見つめている。

「私、無理なんです。やっぱり藤吾さんにはふさわしくない。藤吾さんの隣にいるべき人は私じゃないから……だから、無理なんです。それに藤吾さんは山下さんを——」

そこまで口にした途端、我慢していた涙が頬を流れ落ちるのを感じた。

「どうして私と結婚しようなんて」

彩乃は手の甲で涙を拭いながらくぐもった声でそう言うと、背後のドアを勢いよく開き、藤吾の家を飛び出した。

「彩乃っ？」

その後運よくすぐにエレベーターに乗り込めたおかげで藤吾に追いつかれることもなく、あらかじめ乗車アプリで呼んでいたタクシーで自宅に帰ることができた。

初めて藤吾に抱かれた記念の夜になるはずだったのに、どうしてこんなことになったんだろう。

できればずっと藤吾と一緒にいたかった。

それに結婚しようと言われて、信じられないながらもうれしくてたまらなかった。

「だけど、私じゃ無理だ。ふさわしくない……」

自宅に向かうタクシーに揺られながら、彩乃は涙が止まらずどうしようもなかった。

翌週末、展示場でのイベントはかなりの盛り上がりを見せた。

来場者は例年よりもかなり増え、如月ハウスのモデルハウスにも大勢の人が訪れた。

多くは家族連れやカップルで、誰もがワクワクした表情を浮かべ、見学はもちろん、会場内に用意されたブースでゲームや食事を楽しんでいた。

これまで本社近郊の住宅展示場でのイベント参加の経験しかない彩乃は、初めての仙台でのイベントに緊張していたが、場所は変わっても住宅への夢や未来を語る笑顔は同じ。

当日まで抱えていた不安は会場がオープンしてすぐに消えた。

来春初めての子どもの出産を予定している夫婦に商品説明をしている合間に、希望を聞いて簡単な設計図面を作成した時。

「子どもの笑い声が聞こえてくるような家ですね。私が住みたいのはこんな家なんです」

そう言って弾《はじ》けるような笑顔を見せた奥さんの言葉が胸に響き、不安も緊張もすっと消えたのだ。

「家なんて今の俺たちには背伸びしないと手に入らないけど、一生住むとなれば背伸びしてでも隅々までこだわった家を持ちたいよな」

そのためになら仕事を頑張れそうだと笑みを深めた旦那さんの言葉に、彩乃は感激した。

〝背伸びしてでも隅々までこだわった家を持ちたい〟

その言葉がじわじわと胸に染み渡り、やはり職人が強いこだわりを持っている小関家具の商品を採用したいと改めて思う。

自分が進めようとしていることは間違いばかりじゃない。

そう確信できたことで、その後も自信とやりがいを感じながら対応にあたることができた。

初めは彩乃を気遣いそばに控えていた宅見も、彩乃のスムーズな仕事ぶりに安心したのか、気付けば別の設計担当のサポートに回っていた。

二日間にわたるイベントは各社盛況のうちに終わり、彩乃は心地よい疲れを抱えながら帰宅した。

簡単な食事と入浴を済ませ、ホッと落ち着いた時には二十三時を過ぎていた。

「あ……また、増えてる」

彩乃はソファに腰かけ、スマホの画面を眺めた。

画面をスクロールすると、晴れ上がった空を飛ぶブルーインパルスの写真が次々現れる。

それは、今日三沢基地で開催された航空祭での写真だ。

現地に赴いたファンたちがSNSに投稿した写真の量はかなりのもので、見るたびその数は増えている。

「無事に終わってよかった」

彩乃は画面を食い入るように眺め続けた。

藤吾の家を飛び出した夜から一週間が経つが、気が付けばこうしてブルーインパルスに関連したSNSをチェックしては、藤吾のことを考えている。

今日も展示場での仕事の合間にふと思い出しては気になり、ついSNSを覗いていた。

あの日藤吾の家を飛び出しタクシーに乗った後、藤吾からひっきりなしに電話がかかってきた。

山下との会話を耳にし動揺が収まらない中うまく話せるとは思えず、電話に出る代わりにメッセージを送った。

【考えたいことがあるので、少し時間をください】

藤吾がそのメッセージをどう受け止めたのかはわからないが、その夜藤吾が彩乃を追いかけてくることはなかった。

その後一日に一度は藤吾から電話やメッセージで会いたいと連絡があったが、仕事が忙しいという理由ですべて断っている。

それでも藤吾が彩乃に会いに来ようと思えばそれは可能だが、仕事を理由にされると躊躇するのか訪ねて来ることはなく、今に至っている。

「素敵な写真ばかり……」

中でも六機の機体が傘形の隊形で青空を飛ぶ姿は圧巻で、何度見てもほおっとため息が出る。藤吾が操縦している五番機からは、とくに目が離せない。

順に写真を見ていくと、この間彩乃がなにより感動した、背面飛行する五番機の周りをもう一機がぐるぐる回っている写真もアップされていた。

コークスクリューという課目らしいが、とてもダイナミックで観客からの歓声が大きかった。

藤吾の真剣且《か》つ飛行を楽しむ充実した表情を想像すると、胸の奥がきゅっと痛む。

藤吾のことを思い出すだけで会いたくなり、声が聞きたくなる。その想いは日ごとに膨らんで、あの日藤吾の家を飛び出したことを後悔してしまいそうになるほどだ。

「でも……」

彩乃は力なく肩を落とし、ため息をついた。

あの晩藤吾は山下に『お前しか愛してないよ』と優しく囁いていたのだ。

そんな言葉を耳にして、あれ以上藤吾と一緒にはいられなかった。

藤吾がどんな気持ちで彩乃に結婚しようと言い出したのかは今もわからないが、彼が本当に愛しているのは山下だった。

自分以外の女性を愛している男性と結婚するなんて、間違っている。

それになんの取り柄もない自分よりも、藤吾に愛され仕事面でも完璧にサポートできる山下の方が、藤吾にはふさわしい。

付き合いの長さやお互いを理解し合っている絆の深さを考えても、当然だ。

「あ、山下さん……」

ドルフィンキーパーズというハッシュタグがついた写真を発見し、見ると。

ブルーインパルスの女性整備員は三人いて、なかでも山下は人気があるようだ。他の整備員たちとは比べものにならないほどたくさんの写真が投稿されている。

その中の一枚では、自身の名前がレタリングされた五番機の正面に立ち、キリリとした表情で操縦席の藤吾と向き合っている。

彩乃は写真を見つめ、やはりふたりはお似合いだと感じた。

その後もなにげなくSNSを見ていると、ドルフィンキーパーたちについて書かれた数多くの記事も目に留まった。

松島基地では平日の午前二回、午後一回の訓練飛行が行われていて、整備員たちはその前後合わせて六回の整備を行っているらしい。

事故を起こしてはならないという絶対的な使命のもと、毎回安定した精度で機体を整備するというのは心身共にタフでなければできない仕事だ。

華やかに演出された航空祭での姿だけではわからない、整備員たちの努力や苦労、それを継続する忍耐力。

それこそが、藤吾たちドルフィンライダーを支えているのだ。

「いい写真……」

彩乃は一枚の写真に思わず声を漏らした。

展示飛行が無事に終わり、パイロットたちと整備員たちが笑顔で並び観客たちに応えている。

最前列中央に立つ藤吾から少し離れた場所に、他の整備員たちと並び誇らしげな笑顔を見せる山下がいる。

自信に満ちていて、見ている側が元気をもらえる笑顔だ。惚《ほ》れ惚《ぼ》れしてしまう。

「羨ましい……」

堂々と藤吾のサポートができる山下が、羨ましい。なにより藤吾に愛されていることに嫉妬してしまう。

彩乃はスマホを傍らに置くと、ソファの背に勢いよく身体を預けた。

藤吾の隣に立ち、支えていけるのは山下のような女性で、なんの取り柄もない自分は藤吾にふさわしくない。

山下を知れば知るほど、その思いは強くなる。

するとその時、スマホから着信音が響いた。

見ると藤吾からだ。彼の家を飛び出して以来、毎日電話がかかってきている。

藤吾にしてみれば、結婚を申し込んだ相手が突然家を飛び出したのだからわけがわからないのだろう。

彩乃は画面に光る藤吾の名前を、息を止めジッと見つめた。今すぐにでも電話に出てしまいそうなほど、藤吾の声が聞きたくてたまらない。

「あ……」

しばらくして着信音が途絶え、部屋に静寂が戻った。彩乃は詰めていた息を吐き出し、気持ちを落ち着ける。

突然家を飛び出したことを謝りたい気持ちはあるが、藤吾から山下への想いを打ち明けられるかもしれないと思うと、電話に出る勇気が出ないのだ。

藤吾から逃げ出したのは自分なのに、一向に収まる気配のない藤吾への想いが苦しくて仕方がない。今ではそこに山下への嫉妬も加わってしまった。

彩乃は切なさを断ち切るようにスマホの電源を落とし、ソファの上に投げ捨てた。

第四章　同期との絆はなにより尊い

異動から一カ月以上が経ち、藤吾の家で最後に彼と会ってから三週間が過ぎた。今も日に一度は藤吾から電話が入りメッセージも不定期に届いているが、それにはいっさい応えられないままだ。

この状況を招いたきっかけは藤吾の山下への想いを耳にしたことだが、藤吾にふさわしくない自分では、それがなくてもいずれ一緒にいられなくなっていただろう。電話が鳴るたびその現実を思い出し、藤吾からの連絡はすべて無視している。

幸か不幸か仕事が想像していた以上に忙しく、仕事以外のことは二の次にせざるを得ない日々が続いている。

その一番の理由はモデルハウスの建設だ。ほぼ当初の計画通り進んでいるのだが、小関家具のダイニングテーブルの採用については今も難航している。

田尾は変わらず採用に反対しているが、あまりにも小関家具にこだわる彩乃に呆《あき》れているのか、それとも絶対に無理だと考えているのか。

『職人さんからＯＫがいただけたら、採用してもいいわよ』

今では渋々ながらもそう言って、時間を作っては職人に会いに行く彩乃を見守ってくれている。

他にもモデルハウスの仕事と並行して担当することになったいくつかの案件に時間を割かなければならず、休日返上で対応しているほどだ。

体力的にハードな毎日だが、藤吾のことを考えずに済むので逆にありがたい。

日曜日の今日も本来は休みなのだが、宅見に同行して客の家に出向いていた。

他社と競合している三階建ての二世帯住宅。契約までもうひと押しという段階で、他社との設計的な部分での違いや設計変更による費用削減の可否についてなど、踏み込んだ話がしたいからという宅見からの依頼で、その辺りに詳しい彩乃が同行することになったのだ。

二週間続けて打ち合わせに同行し、今日無事に契約が完了した。

その他にも契約に向けて対応している案件がいくつかあり、しばらくの間、土日の休みはなさそうだ。

「本当に助かった。水瀬が設計の説明をしてくれたおかげで契約できたようなもんだよ」

仙台駅の改札を通り抜けながら、宅見が今日何度目かの礼を口にする。

「それは言いすぎ。宅見君がお客様に提案した内容がよかったから契約できたんだし、私は設計に関わる部分を補足しただけ」

彩乃はそう言って苦笑し、肩を竦める。

実際、宅見が受注棟数社内ナンバーワンの実績を持つ優秀な営業であることは知っていたが、その仕事ぶりを間近で見て納得した。

客の希望を丁寧に拾い上げ、それを可能な限り具現化できるよう努力と手間を惜しまない。法律や税制についても詳しい宅見が、客と強い信頼関係を結ぶのは当然だと思えた。

「とにかく、水瀬のおかげでいい家が建ちそうだ。ありがとう。お礼にランチでも奢《おご》らせてくれ。どこか行きたい店とかある？」

「そう言われても……」

すぐに頭に浮かぶほど贔屓《ひいき》にしている店はまだない。

なによりこれは仕事で、お礼の必要はないのだ。

「え……彩乃？」

不意に名前を呼ばれ辺りを見回すと、藤吾がペデストリアンデッキをこちらに向かって歩いている。今日は仕事が休みなのだろうか、カジュアルな黒いセットアップがよく似合っている。

「藤吾さん？　え、どうして」

彩乃は藤吾を見つめ、その場に立ち尽くす。あの日から三週間、彼からの連絡をすべて無視し、もちろん顔を合わせる機会もなかった。

「あ……あの」

彩乃はオロオロしながら、小走りで近付いてくる藤吾を見つめる。

会ってなにを話せばいいのか、どんな顔をすればいいのか、わからない。

「水瀬？　どうした」

突然立ち止まった彩乃の顔を、宅見が心配そうに覗き込む。

「ううん、なんでもなくて。あの、向こうにいいお店がありそう――」

「彩乃っ」

早くこの場を去ろうと背後を振り返った途端、あっという間に駆け寄ってきた藤吾に腕を掴まれた。その力強さから、藤吾の気持ちが伝わってくる。

「待ってくれ。話をさせてほしい」

背中越しに藤吾の声を耳にした途端、胸が震え、彩乃は今もまだ藤吾が好きなのだと実感する。

「どうしてあの夜突然……いや、それよりも元気だったのか？　電話にも出ないしメッセージにも返事がないから心配していたんだ」

はやる気持ちを抑えているのがわかる、藤吾の低い声。

強い言葉であの夜の理由を問いただしても不思議ではないのに、こんな時にも気遣いを見せる藤吾の優しさに、心が揺れる。

「それは、大丈夫です。元気です。心配をかけてごめんなさい」

彩乃は囁くようにそう言って、おずおずと顔を上げた。その途端、彩乃をまっすぐ見つめる藤吾と目が合い、鼓動が大きく跳ねるのを感じた。

「あ、あの……私」

その眼差しは強く、まるでもう二度と彩乃を離さないと訴えているかのようだ。

彩乃はトクトクと鳴り続ける心臓の音を全身で感じながら、藤吾と見つめ合う。

「藤吾さん……」

思わず呟いたその名前が、愛おしく思える。その名前を二度と本人の前で口にすることはないだろうと思っていたのだ。

「彩乃」

「はい……」

思いがけず、声を詰まらせた。

二度と藤吾からそう呼ばれることはないだろうとあきらめていた。けれどこうして再び名前を呼ばれ、どれほどそれを望んでいたのかを、身にしみて思う。

「水瀬？　知り合いか？」

その時、傍らで彩乃たちの様子を見ていた宅見が訝《いぶか》しげに声をかけてきた。

「……あ、あ。ごめんね」

彩乃はハッと我に返り、後ずさりするが、腕を掴んでいる藤吾の手に引き寄せられ、さらにふたりの距離が近付いた。

「宅見くん、えっと、これは、違うの……っていうか、あの私もよくわからなくて」

突然藤吾と再会し、彩乃自身この状況を理解できていないのだ、宅見にどう説明していいのかわからない。

「たくみ？」

あたふたする彩乃の頭上から、藤吾の不機嫌な声が聞こえてくる。

「たくみって、この間松島に一緒に来ていたっていう彼？　同期だって言ってたよな」

「はい、そうです」

苛立ち交じりの藤吾の声に、彩乃は首を傾げる。

「今日はふたりで一緒に出かけていたのか」

「沖田っ」

藤吾が宅見に視線を向けたと同時に、男性の大きな声が聞こえてきた。

見ると藤吾の背後からひと組の男女が彩乃たちに向かって歩いてきている。ふたりともスラリとしていて背が高く、遠目からでも抜群のスタイルだとわかる。

「お前、突然走り出すからびっくりするだろ」

男性は藤吾の傍らに立つや否や、呆れた声でそう言って苦笑した。

「そうよ。いきなり女の子に向かって走り出すから心配するじゃない。でもその必要はなかったみたいね」

女性は歯切れのいい口調で藤吾をからかい、肩を揺らして笑う。目鼻立ちが整っていて、意志の強そうな瞳が印象的だ。日射しを浴びて輝く肩より少し長い黒髪が艶やかに揺れている。

「山下さん……」

これまで作業着姿しか見ていなかったが間違いない、彼女は山下だ。ロング丈の紺色のワンピースを着こなしていて、モデルのように美しい。

「え、私のことをご存じなんですか？　もしかして沖田君からなにか聞いているのかしら。どうせつまらないことでも言って、笑ってるんですよね」

この状況に理解が追いつかず呆然とする彩乃とは逆に、山下はあっけらかんと笑っている。藤吾が彩乃の手を掴んでいるのを見ても、ゆっくり口角を上げ、からかうように藤吾の背中を軽く叩いている。

「山下。頼むから少し黙っていてくれないか。佐伯、悪いけど今日はこのまま――」

「え、まさか。ブルーインパルスの沖田さんと、整備の山下さん……？　なんでここに？　それに佐伯さんって、小松のアグレッサー？」

「……宅見君？」

唐突に割って入ってきた宅見を振り返ると、藤吾たちを順に見ながら目を丸くしている。

「似てるなーって思ったけど、沖田さん、山下さんときて佐伯さんって。それ以外考えられないだろ。まさか三人とも水瀬の知り合いなのか？　この間はなにも言ってなかったのに」

「知り合いっていうか……私は藤吾さんしか直接は知らないんだけど……」

「と、藤吾さんって名前呼びか？　ドルフィンライダーといつ知り合ったんだよ。それに、水瀬とはどういう関係なんだ？」

「た、宅見君、落ち着いて」

宅見は興奮し、頬を紅潮させている。彩乃の声も耳に届いていないようだ。航空祭でも同じ顔をして夢中でブルーインパルスを眺めていたが、藤吾たちを目の前にして、ファンである彼に落ち着けというのは無理な話かもしれない。

そういえばと思い出す。佐伯というのは確かあの夜、藤吾に電話をかけてきた同期の名前だ。それにしても小松のアグレッサーとはなんのことだろう。

彩乃がぼんやり思いを巡らせていた時。

「私のことをご存じのようで、光栄です。彩乃の恋人の沖田藤吾です」

藤吾の確固たる声が、その場に響いた。

せっかくのグリル・おきただが、彩乃はあまりの緊張で料理を堪能できるとは思えなかった。以前その美味しさに驚かされたハンバーグを注文したが、まともに食べられる自信もない。

なぜか今、彩乃たちは藤吾の実家でもあるグリル・おきたの個室で料理が運ばれてくるのを待っているのだ。彩乃の隣の席には藤吾が座り、向かいには宅見、佐伯、そして山下が並んでいる。

藤吾たちの同期である小松基地所属の佐伯が久しぶりに仙台を訪れるということで、藤吾が事前に個室の予約を入れていたらしい。

そこに急遽彩乃と宅見も誘われ同席することになったのだが、藤吾とどう接していいのかわからず食事どころではない。

彩乃のことを躊躇なく恋人だと言った藤吾の真意がわからず混乱し、隣で居心地の悪さに耐えながら静かにしているのだ。

それも藤吾が愛していると囁いていた山下の目の前でそう言ったとなれば、さらに混乱は広がり、山下を意識しすぎて食事を楽しむ余裕などゼロだ。

「松島の航空祭にお越しいただいたんですか。ありがとうございました」

「とても素晴らしかったです。午後の展示飛行が中止になって残念でした」

席に着いてからというもの、宅見は山下や佐伯との会話に夢中だ。もともとブルーインパルスのファンである宅見にとって、この状況は夢の時間なのかもしれない。

宅見たちの会話から、佐伯も元ブルーインパルスのパイロットで、藤吾と同じ五番機を担当していたと知った。昨年、三年の任期を終え、今は小松基地で戦闘機パイロットとして日々訓練を続けているそうだ。

「天候だけは私たちにはどうすることもできないんですよね。本当に申し訳ないと思うんですけど、こればかりは。また、来年お越しいただけるとうれしいです」

山下は申し訳なさそうにそう言って、宅見に笑顔を向ける。その表情はプライベートだからかとても柔らかく、声も想像していた以上にかわいらしい。装いもそうだが、男性が多い世界で日々奮闘しているとは思えない。

すると山下の隣で宅見との会話を楽しんでいた佐伯が、藤吾に向かって口を開いた。

「沖田、黙り込むなよ。早くふたりきりになりたいのはわかるが、そろそろ紹介してくれてもいいだろ」

からかい交じりの佐伯の声に、藤吾は小さくため息をついた。

「悪い。俺も驚いていて……いや、それはこっちの都合だな」

藤吾は自身に言い聞かせるように呟くと、椅子の上で姿勢を正し、彩乃をまっすぐ見つめた。

「彼女は水瀬彩乃さん。仙台で暮らしている俺の恋人」

まるで彩乃に言い聞かせるような藤吾の力強い声に、彩乃は一瞬息を止めた。

さっきも恋人だと紹介されたが、藤吾はあの夜の出来事をどう受け止めているのだろう。彩乃はあの夜、藤吾の家から立ち去ったことで藤吾との未来を断ち切ったつもりでいたが、藤吾は違っていたようだ。

「彩乃さんですね。初めまして、沖田の同期で松島基地所属の山下佳織です」

混乱している彩乃に、山下が朗らかに声をかける。

「初めまして。水瀬彩乃です」

彩乃もそう言って、軽く頭を下げる。まさか山下とこうして挨拶を交わすことになるとは想像もしていなかった。

「初めまして。俺も沖田の同期で小松基地所属の佐伯です」

藤吾同様背が高く、切れ長の目と形のいい唇が印象的な男性だ。

「佐伯さん、アグレッサーですよね。俺、一度だけF-15を見たことがあって、カッコいいですよね」

「宅見君？」

やはりまだ興奮が続いているのか、宅見が勢い込んで話し始めた。

「水瀬、佐伯さんってすごいパイロットなんだ――」

「あ、うん」

宅見の話をまとめると、佐伯はとても優秀な戦闘機パイロットで、全国の戦闘機部隊や警戒管制部隊を回って敵役を演じ、指導にあたっているらしい。

と言われても彩乃には外国語を聞いているようにしか思えず、曖昧に頷くことしかできない。ただ藤吾が最後に「佐伯に憧れるパイロットが全国に大勢いるんだ」と付け加えてくれ、佐伯が隊員たちから一目置かれる存在だということは理解できた。

「俺、今日は佐伯さんに会えたのが一番うれしいかもしれません」

熱がこもった宅見の言葉に、佐伯は苦笑する。

「ありがとうございます。小松の航空祭にもぜひお越しください。F-15も間近で見られると思いますよ」

佐伯は宅見に照れくさそうな笑顔で答えると、藤吾に視線を向けた。

「今日は俺のことよりも、沖田のことが先決。いつの間にこんな綺麗な女性と付き合ってたんだよ。夜中に佳織と電話してた時に聞いて、眠気が一気に吹き飛んだよ」

「そうなのよ。休日も滅多に松島を離れない沖田君が朝早くから出かけるって聞いて、恋人でもできたんじゃないのってからかったらあっさり認めるから私も驚いちゃったの。だけどふたりが一緒にいるのを見て、沖田君がごまかす気にもなれないほど彼女を大切にしているのがよーくわかった」

笑い上戸なのか、山下は言い終わらないうちから笑い声をあげ、隣にいる佐伯と顔を見合わせている。

「彩乃、気にするな。ふたりは俺をからかって楽しんでるだけだ」

「からかう……？」

彩乃は山下と佐伯を交互に見つめた。

「だって、今まで浮いた話ひとつなかった沖田君にようやく春が訪れたのよ。からかわないわけがないじゃない」

肩を竦める山下の隣で、佐伯もうんうん頷いている。

「一年中春で、浮かれっぱなしなのは自分たちの方だろ。まったく……」

藤吾は納得いかないとばかりにそう言って顔をしかめるが、山下も佐伯もけらけら笑い、気にしている様子はまるでない。

「一年中春なんて、最高じゃない。沖田君もそのうちよーくわかるわよ。あ、これからは私が……彩乃さんだったわよね？　悩みがあれば相談にのってあげるから」

「は、はい……？」

突然山下から名前を呼ばれ、彩乃は慌てる。山下は航空祭の時のキリリとした印象と違い、意外に人懐こい性格のようだ。

「やめておけ。お前が張り切ってうまくいくのは整備だけだ。プライベートはポンコツだって自覚、ないだろ」

山下の頭をくしゃりと撫で、佐伯が笑い声をあげる。

顔を合わせた時から感じていたが、同じ同期でも山下は藤吾よりも佐伯の方が親しそうに見える。

「ポンコツなんて、ひどい……ま、確かにそうとも言えるけどね」

「だろう？　そのポンコツに会いにこうして仙台まで来てる俺を、もっと信じてほしいよ」

続く佐伯のおもしろがる言葉に、山下はぽっと顔を赤らめる。

「信じてるわよ。最近も沖田君から佐伯のことを信じろ、佐伯はお前しか愛してないよって励まされたし。私だって、ファンの人は大切だから気にしないようにしてるけど、やっぱり気になるし嫉妬もするんだからねっ……あ、あ、ご、ごめんなさい」

ひと息に話し終えた山下は、ここが佐伯とふたりきりでないことを思い出したのか、オロオロと焦っている。顔だけでなく、首筋や耳元まで真っ赤だ。

「あの……」

彩乃は山下の言葉が引っかかり、つい声を漏らした。

「お、お前しか愛してないよっていうのは、まさか、藤吾さんがそう言って……？」

「やだ。昼間に聞くと本当に恥ずかしい。沖田君がそう言って私を励ましてくれたのは夜中だったし、泣きじゃくってたから平気だったんですけど。今聞くと照れくさくて仕方がないです。沖田君も沖田君よ。お前しか愛してないよ、なんて、電話とはいえよく言えたわよね」

山下は甲高い声でまくし立てると、恥ずかしそうに視線を泳がせている。

「俺があぁ言って慰めたおかげで冷静になれて、佐伯と仲直りできたんだろう？　感謝してほしいよ」

藤吾はうんざりとした声で呟き、肩を落とした。

「悪い。俺も佳織も沖田には感謝してるんだ。俺たちが今も付き合っていられるのは沖田の存在も大きいと思ってる」

「今も付き合ってる……って、あの、山下さんと佐伯さんは、恋人同士なんですか？」

これまでの話から、確信を持って彩乃は問いかけた。

「ああ。ふたりは小松基地にいた時から付き合ってる。見た目は美男美女だけど、中身はふたりとも意外に抜けていて似た者同士。見ていて飽きないだろ？」

藤吾の声には笑いが滲んでいる。

見ると山下たちを楽しげに眺めていて、その眼差しの優しさに彩乃はドキリとする。

「だったら、あの時の電話って……」

彩乃は藤吾がスマホ越しに山下に言っていた言葉を思い出す。

お前しか愛してないよ――それはきっと。

「そんな……」

だとすれば、あの日単なる勘違いで藤吾の家を飛び出してしまったのだろうか。

彩乃はそうに違いないと確信し、自身のしでかしたことの重大さに身を震わせた。

「彩乃？」

「私、藤吾さんが山下さんを励ましていたなんて知らなくて……あ、あの、なんでも、ないです」

なんでもないことはないのだが、予想外の真実をどう受け止めればいいのかわからず、うまく言葉が続かない。それになによりまずは藤吾に謝らなければとわかっていても、それすらなにから謝ればいいのか見当がつかず困り果てる。

するとその時、藤吾がハッと息をのんだ。

「まさか……彩乃、あの夜って」

戸惑う藤吾の声に、彩乃はおずおずと顔を上げた。申し訳なくて仕方がない。

「ごめんなさ――」

「お前は沖田に頼りすぎなんだよ。なにがあっても俺を信じていればいい。わかった？」

その時、佐伯の大きな声が響き、彩乃は思わず口を閉じた。

「うん。わかってるんだけど。つい、心配になっちゃって。夜中でも沖田君に電話しちゃったりして。反省反省」

山下は甘えるような仕草で佐伯の腕に手を置き、頬を緩めている。佐伯に自身のなにもかもをさらけ出しているような、そんな甘え方だ。

そして、そんな山下を見つめる佐伯の眼差しはとても愛《いと》おしげで、彼女を大切に思っているのは誰の目にも明らかだ。

「仲がいいんですね」

「ああ。佐伯が全国の基地を回るからなかなか会えない反動かな、会えばいつも今みたいにじゃれてるよ」

藤吾は面倒くさそうに言いながらも楽しげで、山下たちを眺めてクスリと笑っている。その表情の温かさを目の当《ま》たりにし、彩乃はやはり自分がとんでもない勘違いをしてしまったのだと思い知る。

「それより彩乃、さっき言いかけてたけどあの夜って――」

「お待たせしました。お料理をお持ちしました」

藤吾の真剣な声を遮り、料理が運ばれてきた。ワゴンにのせられた料理からは、すでに美味しそうな香りが漂っている。

「沖田君のお父さんのハンバーグ、最高なのよね。あ、彩乃さんは食べたことありますか？」

突然山下から話を振られ、彩乃は反射的に頷いた。

「びっくりするくらい美味しかったです」

「そうなんですよね。今週はここに来るのをずっと楽しみにしていたんです。お腹《なか》いっぱい食べましょうねー」

テーブルに順に並べられる料理を眺めながら、山下は声を弾ませ彩乃に笑いかけた。

「は、はい」

隣にいる藤吾を意識しながら、彩乃はナイフとフォークを手に取った。

和やかな空気の中食事を終え、手元にコーヒーが並んだ頃、それまで彩乃たちの話に静かに耳を傾けていた宅見が鞄を手に立ち上がった。

「すみません。仕事が残っているのでここで失礼します」

申し訳なさそうにそう言うと、宅見は足早に席を離れ彩乃のもとにやってきた。

「水瀬、今日はありがとう。悪いけど、来週もよろしくな」

宅見は彩乃の耳元で囁き、彩乃の手元に自身の名刺とその下にお札を一枚置いた。

「皆さんにお会いできてうれしかったです。私の名刺を置いておきますので、家をお考えの際にはご連絡ください」

「宅見君っ」

いきなり愛想のいい声で営業を始めた宅見に、彩乃は慌てた。

「たくみって、名字だったのか」

驚いた声に視線を向けると、藤吾が名刺を一心に見ている。

「藤吾さん？　名字って、宅見君がなにか？」

「あ、いや……なんでもない。だけど、そうか、名字だったのか」

藤吾はかみしめるように呟いた。おまけに心なしか眼差しが和らいでいて、口元には笑みまで浮かんでいる。

「あの……？」

宅見の名前がいったいどうしたのだろう。まったくわけがわからない。

「それでは、私はこれで失礼します。慌ただしくて申し訳ありません」

宅見はそう言って藤吾たちに「失礼します」と会釈し、部屋を出ていった。

「宅見君、忙しいのか？」

藤吾の声に、彩乃は申し訳なさそうに頷いた。

「実はこの後、もう一件お客様との打ち合わせがあるんです。せっかくご一緒させていただいたのにすみません」

「彩乃が彼のことで謝る必要はないだろ。気にするな」

藤吾はそう言って顔をしかめた。

「あ、はい」

彩乃は藤吾の語気の強さに目を瞬かせた。

「あー。そうじゃない。怒ってるわけじゃないんだ。ただ……いや。とにかく宅見君にはまた航空祭に来てほしいとでも伝えておいてくれ」

彩乃の反応が気になったのだろう、藤吾は取り繕うように言葉を重ねた。

「彩乃さん、住宅の設計をしてるんですね。期待の設計担当って言われてましたけど、すごいんですね」

山下の感心する声に、彩乃は慌てて首を横に振る。

「私は大したことないんです。うまくいかないことも多くて」

不意に小関家具の件を思い出し、気が重くなる。

「どんな仕事も大変で難しいですよね。私の仕事もひとつのミスが事故につながってパイロットの命に関わるので、毎日必死で気が抜けません」

「そうですよね」

ブルーインパルスの五番機の整備責任者である彼女には、完璧こそ当たり前でそれ以外は許されないのだろう。

彼女の日々のプレッシャーを想像するだけで、胃が痛くなりそうだ。

「毎日おつかれさまです」

思わず呟いた彩乃に、山下はにっこり笑う。

「疲れなんて、自分が整備した機体が空を飛び回っているのを見たらどこかに消えちゃいます。無事に戻ってきたら本当にうれしいし、誇りに思えるので」

身を乗り出し、山下はこれまでになく生き生きとした表情で言葉を続ける。

「この仕事をしていて一番よかったって思うのは、ブルーインパルスの飛行を見たファンの方が喜んでくれる時なんです。わざわざ遠くから駆けつけてくださる方も多いし、人生で一度きりのことかもしれない。大切な思い出を作るお手伝いができたと思うと、本当にやりがいがあって幸せです。だから頑張れるのかもしれません」

山下の言葉は力強く、航空祭で見かけた時の彼女のイメージそのものだ。

ブルーインパルスを愛し、自身の仕事に責任と誇りを持つ凛々しい女性。

佐伯の隣に並ぶと途端にそのイメージから離れ柔らかな雰囲気を醸し出すようだが、やはり彼女にとってブルーインパルスは特別なものなのだろう。

「私も、初めてブルーインパルスを見た日のことは、大切な思い出です。今も時々思い出して勇気をもらっています」

父の葬儀の日のことは、一生忘れないはずだ。

「私の松島での任期はあと一年と少しですが、もっと技術を磨いてブルーインパルスの飛行をサポートするつもりです」

確固たる自信が滲む山下の言葉が、彩乃の胸に響く。これほど向上心にあふれ自分の仕事に向き合う山下が眩しくて仕方がない。命を預かる仕事というのもあるのだろうが、仕事への覚悟が違うのだ。彩乃はミスひとつ許されない中で、モチベーションを維持しながら整備に向き合う彼女を心から素敵だと感じた。

「あの、ひとつお聞きしてもいいですか？　どうしてブルーインパルスの整備を希望したんですか？　誰もがなれるわけではないんですよね」

ふと尋ねると、隣でコーヒーを飲んでいた藤吾がクスリと笑った。

佐伯が山下に代わって口を開く。

「佳織は恋人の俺を追いかけようと考えてドルフィンキーパーに志願して、幸運にも採用されて松島に配属」

「え、だったら藤吾さんも佐伯さんを追ってブルーインパルスに？」

彩乃の呟きに、藤吾は拍子抜けしたように肩を落とした。

「佐伯を追いかけるのは、山下だけで十分だ。俺はたまたま山下と同じ時期に声がかかったんだよ」

「あ……そうですよね」

それにしても、恋人を追いたい一心で志願するとは、山下はよほど佐伯を愛しているのだろう。

「彼と任期が重なったのは一年だけですが、ともにブルーインパルスと向き合えて、充実していました。それに今では彼が乗っていた五番機に私の名前をレタリングするという夢が叶って、今は毎日やりがいを感じています。なにより、私はブルーインパルスが大好きなんです」

そう口にした瞬間、山下の表情が変わった。飛行前にパイロットとやり取りをしている時のように凜々しく、精悍《せいかん》だ。

本当にブルーインパルスが好きなのだろう。

考えてみればそれは当然だ。恋人を追いかけるという理由だけでは精鋭部隊だと言われているドルフィンキーパーに選ばれるわけがないのだから。

「彼が大切にしていた五番機を整備して磨き上げる毎日が、今の私のすべてです。あまりにも五番機にこだわるので、ファンの方の間で沖田君との噂が流れているようですけど、それはあり得ませんから。安心してください」

「はい……。それは、今はもう、大丈夫です」

藤吾との仲を勘違いしていたのは確かだが、佐伯への愛情の深さやふたりの間にある絆を目の当たりにし、そんな思い違いはとっくに消えてしまった。今残っているのは藤吾への申し訳なさだけだ。

「彩乃さんも住宅の設計は大変ですよね？　それこそ人生一度の大きな買い物っていう人が多いだろうし」

自身の仕事を語りすぎたと気付き照れたのか、山下はそう言って話題を変えた。

「人生一度……確かにそうかもしれませんね」

だからこそ手を抜けず、的確な設計をしなければと思うのだ。とくに展示場は家を建てたいと考えるお客様に未来への期待と励みを提案する大切な場所だ。

現実的ではないとしても、家を建てる喜びを感じる内装で……やはり小関家具の商品を配置したい。ここ数日、職人に会ってもらえずにいる中で心が折れそうになることもあったが、やはりあきらめずに頑張ろう。

山下の仕事への熱意や行動力に感化されたのか、再びやる気が湧いてきた。

「沖田、そろそろ俺たちも帰るよ」

見ると彩乃が考え込んでいる間に、佐伯と山下は、すでに帰り支度を済ませていた。

「あ、だったら私が帰ります。せっかく久しぶりに三人で会えたのにお邪魔してすみません」

彩乃は慌てて席を立ち、傍らのバッグを手に取った。

久しぶりの同期三人水入らず。ここは自分が遠慮した方がいいはずだ。

山下とのことを誤解し藤吾を振り回したことは胸が痛いが、藤吾に改めて時間を作ってもらい謝罪した方がいいだろう。

「邪魔じゃないぞ」

藤吾は落ち着いた声でそう言って、彩乃の肩に手を置いた。

「そうですよ。どちらかというと沖田君の方が邪魔だったので気にしないでください」

「え？」

「だって、久しぶりに恋人と会えたらふたりきりになりたいですよね？　今日はここでハンバーグが食べたくて沖田君にお願いしただけで。食べ終わったら用なしです」

冗談だろうとはわかっているが、山下の言葉に、彩乃は目を瞬かせた、

「ふふっ。それに沖田君にも私たちがお邪魔みたいですよ。さっきから早く彩乃さんとふたりになりたいって顔で訴えてます」

「え?」

まさかと思いながら藤吾を見ると。

「山下にしては、察しがいいな」

藤吾はあっさりそう呟くと、待ちかねたように彩乃の手を取った。

店を出て山下たちと別れた後、彩乃は藤吾に連れられ店の近くにある藤吾の実家を訪れた。

店はまだ営業時間なので藤吾の両親の姿はなく藤吾とふたりきりだ。

藤吾はあの夜、彩乃が突然帰った理由を察しているようで、そのことを話したくてここに連れてきたに違いない。

なにを聞かれても責められても、すべて彩乃が勘違いしたせいだ。

彩乃は藤吾の後をついて歩きながら、自分のとんでもない勘違いをとにかく謝罪しようと心に決めていた。

藤吾の自宅は昔ながらの大きな日本家屋で、広い庭は綺麗に手入れされていて、奥には池が見えている。

「あ、藤吾さんの写真。これって卒業式かなにかですか？」

リビングに通された彩乃は、棚に飾られている写真に気が付いた。

「ああ。防衛大学校の卒業式の写真」

「制服がよく似合ってますね」

写真に写る藤吾は紺色の制服を着ていて、両親とうれしそうに笑っている。

「こっちは小松基地の航空祭の時の写真。佐伯と山下も一緒だ」

「……山下さん、やっぱり綺麗」

小松基地にいる時といえば、少なくとも今から四、五年前の写真だ。三人とも生き生きとしていて緑色の作業着がよく似合っている。

「この頃から仲がよかったんですね」

「他にも同期はいたけど、気が付いたらいつも三人だったな。そのうち俺は邪魔だって言われるようになったけど。腐れ縁かな、結局ずっと一緒にいたんだ」

藤吾は当時を思い出したのか、懐かしそうな目で写真を眺めている。

「この後、たった一年とはいえまさか三人揃って松島に赴任するとは思わなかった。

結果的には三人というよりふたりと俺って感じだったけど」

藤吾は喉の奥で軽く笑うと、写真を棚に戻し彩乃に向き直った。

「その頃からファンの間で俺と山下の噂があるのは知っていたんだ」

「あ……」

唐突な言葉に、彩乃はピンとくる。

「小松から同期ふたりが揃ってブルーインパルスのパイロットと整備員として赴任なんて滅多にない。俺たちの間に同期以上の縁と絆、もしかしたら好意以上のなにかがあるかもしれないっていう噂だ。もちろん事実じゃないが、ネットや雑誌でも俺たちを取り上げる記事が何度か出たんだ」

「あ……はい」

ネットや雑誌の記事なら確かに何度か目にしている。それに噂をしているファンというのはきっと、山下とのことを期待混じりに藤吾に尋ねていた蒔田のような人のことだろう。

「ブルーインパルスは航空自衛隊の広報の役割を担っていることもあって、俺も山下もプライベートについての発言は極力控えようって決めたんだ。噂に関しては肯定も否定もせず任期の三年を終えるつもりでいたんだけど」

藤吾はそこでひと息つき、悔しげに顔をしかめた。

「さっき、あの夜彩乃が俺と山下とのことを誤解して出ていったのかもしれないって気付いた時、それを心底後悔した」

自身を責めるようなくぐもった声に、彩乃は必死で首を横に振る。

「私が悪いんです。藤吾さんは山下さんとは単なる同期だってちゃんと言ってくれたのに、私が勝手に誤解して家を飛び出しただけで、藤吾さんのせいじゃないんです」

藤吾は悪くない。彩乃を裏切ったり嘘をついたりしたことはなかったのだ。

「私が逃げ出さずに藤吾さんに聞けばよかったんです。でも私……藤吾さんが愛しているのは山下さんだと思い込んでしまって。やっぱりなんの取り柄もない私が藤吾さんに選ばれるわけがない……山下さんに敵うわけがないって考えて」

航空祭で目にした藤吾と山下との絆や信頼関係。そして山下を知れば知るほど藤吾にふさわしいのは自分ではないと思わずにはいられなかった。

「だから、私、あの夜藤吾さんが電話で山下さんに――」

「〝お前しか愛してないよ〟って俺が言ったのを聞いたんだよな」

確信に満ちた声で、藤吾は問いかける。

「ごめんなさい。目が覚めたら藤吾さんがいなくて、リビングに捜しにいったらちょうど聞こえたんです。山下さんをあ……愛してるって」

今では佐伯の気持ちを代弁していたのだとわかっているが、あの夜その言葉を耳にした時は、目の前が真っ暗になるほどのショックを受けた。事実を知った今も、その衝撃を思い出すだけで涙がこぼれそうになる。

「悪かった」

藤吾は我慢できないとばかりに彩乃を強く抱きしめた。

「あっ……」

藤吾の胸に顔を押しつけられ、彩乃は声を漏らした。全身が藤吾の強い力に包み込まれ、身動きひとつできない。

「ずっと彩乃がどうして突然出ていったのか、まるでわからなかったんだ。彩乃を好きになりすぎて抱かずにはいられなかったから、傷つけたのかもしれないと思ったり、彩乃は本当は宅見君のことが好きだったのかもしれないと考えたりもした」

「た、宅見君、ですか？」

想定外の名前を耳にし、彩乃は思わず顔を上げた。

自嘲気味に口元を引きしめた藤吾が彩乃を見つめている。

「宅見君は単なる同期ですけど、言ってませんでしたか？」

「聞いた。ただ、さっき名刺を見て名字だとわかって……」

「名字？」

彩乃はさらにわけがわからずぽかんとする。

「いや、その話は今はいいんだ。それより、さっき彩乃が山下との話でかなり動揺しているのを見て、あの夜の電話を聞いていたって気付いたんだ。正直血の気が引いて、すぐにでもすべてを説明して誤解を解きたかった」

藤吾は苦しげにそう言って、彩乃の首元に力なく顔を埋《うず》めた。

「藤吾さん……」

「俺が愛しているのは彩乃だけだ」

吐息交じりの囁きが、彩乃の鼓膜を優しく震わせた。

「もともと今日は、あのふたりと別れた後、彩乃の家に行くつもりだったんだ」

「私の家？」

「ああ。俺と会おうとしないのは彩乃自身の意志で、それを尊重するべきかもしれないとも考えたが、あきらめられなかった。だから直接会ってもう一度気持ちを伝えるつもりでいたんだ。結局駅で見かけて我慢できずに捕まえた」

ペデストリアンデッキの向こう側から、あっという間に駆け寄ってきた藤吾を思い出す。表情という表情もなく、ただ一目散に彩乃のもとへと向かってきた。

「会えばもう二度と離れたくなくて、彩乃の手を離せなかった。驚かせて悪かった」

「そんなこと……私の方こそ藤吾さんを振り回してごめんなさい」

彩乃は目の奥が熱くなるのを感じながら、縋《すが》るように藤吾の背中に両手を回した。

「私が藤吾さんを信じればよかったんです。それに藤吾さんの一番近くで藤吾さんをサポートしている山下さんが羨ましくて、嫉妬してたから。本当にごめんなさい」

「嫉妬?」

「……はい。山下さんがあまりにも魅力的で、嫉妬してました。……今もですけど」

藤吾の胸に顔を押しつけ、彩乃はくぐもった声で答えた。今日山下と会って想像していた以上に素敵な女性だと知り、羨望や嫉妬に似た感情が強くなったのは確かだ。

「ここでそれを言うなよ」

藤吾は大きく息を吐き出し、彩乃をいっそう強く抱きしめた。

「そんなかわいいことを言われたら、こっちに彩乃を残して帰れなくなるだろ」

「あの……?」

かわいいことなど口にしたつもりはない。ただひたすら謝っていただけなのだが、藤吾にその気持ちは伝わっていないのだろうか。

彩乃は藤吾の胸にそっと手をついて、ふたりの間にわずかな距離を作った。

「とにかくごめんなさい。私が全部悪いんです。あの……藤吾さんが怒っているのは当然だけど、私……虫がよすぎるかもしれませんが、藤吾さんのことが今も――」

「今も彩乃は俺の恋人。さっきもそう言って紹介しただろ？」

きっぱりとした藤吾の声に、彩乃はホッとし、脱力する。

あんなことをしでかしたのだ、愛想を尽かされても仕方がないと覚悟していた。

「すごくうれしい……。でも、藤吾さんを信じられなかったのに、私でいいんですか？」

「彩乃がいいんだ。それに彩乃だけが悪いわけじゃない。なにがあっても彩乃が不安にならないくらい、俺がどれほど彩乃を大切に思っているか、愛しているか、言葉にしていれば彩乃が誤解することはなかった。俺の方こそ傷つけて悪かった。あんな電話、聞きたくなかったよな」

「そんなこと……」

そんなことないと言って藤吾を安心させたいと思うものの、うまく言葉にできない。

それどころか我慢していた涙がいつの間にか頬を伝い落ちている。

「聞きたく……なかった。藤吾さんに愛されてないって思った時、本当に悲しかった」

口にするつもりなどなかった思いが、思わず口をついて出る。自覚していた以上に悲しみは大きかったようだ。

「あ……あの。ごめんなさい。こんなこと言うつもりじゃなくて。し、嫉妬です。結局山下さんが羨ましすぎて、嫉妬しちゃったんです。だから気にしないでください」

「彩乃」

藤吾の切羽詰まった声に顔を上げた途端、唇が塞《ふさ》がれた。

「あ……んっ」

思いがけないキスに、彩乃は目を開いた。

「悲しませて悪かった。もう二度と彩乃を不安にさせたりしないから安心しろ。だけど、頼むから嫉妬なんてかわいいことを何度も言うなよ。ただでさえようやく会えて気持ちが高ぶってるんだ。このまま松島に連れて帰るぞ」

藤吾は彩乃を強く抱きしめ、たまらないとばかりにキスを繰り返す。角度を変えながら、貪るようなキスで彩乃を責め立てる。

「と、藤吾さん」

彩乃はぎこちないながらも藤吾の動きに応え始めた。

藤吾の舌に誘導されるまま舌を絡ませ、いつの間にか甘い声をあげている。

「彩乃」

やがて荒い息づかいのまま、藤吾は彩乃の身体をそっと離した。

彩乃も肩で大きく呼吸し、どうにか気持ちを整える。

「本気でこのまま松島に連れて帰りたい」

彩乃の肩に額を当て、藤吾はくぐもった声で呟いた。

彩乃はぴくりと身体を揺らした。

「それは……」

「悪い。困らせるつもりじゃないんだ。明日も仕事だし、それは無理だってわかってる。ただ、ずっと会えないどころか連絡も取れなくて、心配で仕方がなかったんだ。ようやく誤解が解けたなら、このままずっと一緒にいたい」

彩乃は小さく息をのんだ。

「本当にごめんなさい。私のせいで、藤吾さんを困らせてしまって……本当は私も会いたかったし、声も聞きたかった。今もこのまま藤吾さんと一緒にいたいって、思ってます。でも」

「いいよ。無理をさせるつもりはないんだ。今は彩乃の気持ちを聞けただけでいい」

うつむく彩乃の気持ちを知ってか知らずか、藤吾は優しく彩乃の背中を叩きながら、そう声をかけた。

藤吾の優しさに申し訳なくなる。

「だったら、とりあえず」

藤吾は戸棚の写真をもう一度手に取り、言葉を続ける。

「来週の小松基地の航空祭に来ないか？」

「小松基地？」

そういえば、次の土曜日に年に一度の小松基地の航空祭が予定されていた。

「佐伯も戦闘機で飛ぶし、もちろん山下も来る。少し遠いが、来てほしい」

キスの余韻が残る潤んだ瞳で見つめられ、彩乃は一旦落ち着いた心拍数が一気に上がるのを感じた。

「航空祭……」

藤吾が飛ぶとなれば、ぜひとも行ってこの目で見てみたい。

この間、三沢基地に行けず味わった寂しい思いはもうしたくない。

「あ……」

彩乃はふと思い出した。次の週末は土日二日とも仕事が入っている。

「あの。ごめんなさい。実は宅見君とお客様のお宅にうかがうことになっていて行けません」

彩乃はせっかく誘ってくれた藤吾への申し訳なさに、思わず唇をかみしめた。

「仕事なら、残念だけど仕方がないな」

藤吾は一瞬黙り込んだ後、気を取り直したようにそう言って彩乃の頬を優しく撫でる。その表情はひどく寂しげで、それからしばらくの間、彩乃を抱きしめ離さなかった。


翌日、彩乃は最寄り駅から乗ってきたタクシーを降り、これまでにない力強い足取りで、目の前に建つ小関家具の工房に向かった。

仙台から車で一時間ほどの郊外にあり、今日でここに来るのは七回目だ。

「あら、今日は早いわね」

開け放たれた工房の出入口から中を覗くと、ちょうど出てきた事務担当の花山《はなやま》と顔を合わせた。花山は勤続二十年以上のベテランの女性で、彩乃が来るたびなにかと声をかけてくれる。

「おつかれさまです。お忙しい中申し訳ありませんが、今日もお邪魔させていただきます」

彩乃は花山の前で立ち止まり、深々と頭を下げた。

「お邪魔じゃないけど、真田《さなだ》さんならとっくに食事に出たみたいよ」

「え、そうなんですか？　少し余裕を持って来たつもりでいたんですけど……」

真田は小関家具でダイニングテーブルを担当している職人だ。彼と話をしたくてやって来たのだが、すれ違ったようで彩乃はがっくりと肩を落とした。

「あらあら。そうだ、せっかく来てくれたしランチをご馳走するわよ」

「そんな、大丈夫です。ここで真田さんが戻るのを待たせてもらいます」

昼休憩が終わる頃には戻ってくるだろう。もともと話を聞いてもらえるまで何時間でも待つつもりでいたから、それくらい平気だ。

「遠慮しないで。近くのカフェに今から行くところだったの」

「でも、あの」

「いいからいいから」

二の足を踏む彩乃の背中を押し、花山は駐車場へと向かった。

花山に車で連れてこられたのは、レンガ造りの外壁が印象的なカフェだった。

「あの、これって小関家具の商品ですよね。素敵……」

彩乃は窓際の席に着くなり向かいに座る花山に尋ねた。四人掛けのテーブルは天板が寄せ木細工で作られていて、これは小関家具が創業当時に発売した商品だ。

「ここの店長がうちの社長と知り合いでね。開店祝いにいくつか商品を融通したのよ。そんなにうちの商品が好きなの？」

ふたり分の注文の注文を終えた花山は、彩乃に問いかける。

「はい。品質のよさはもちろんですけど、デザインにも妥協しないところが最高です。職人さんの心意気が伝わってきますし。やっぱり素敵……」

「そう言ってもらえるとうれしいけど、褒《ほ》めすぎじゃない？」

苦笑する花山に、彩乃は首を横に振る。

「褒めすぎなんてあり得ません。この脚の丸みは手作業で作るのは本当に大変だと思うんです。それなのに四つとも見事に同じ大きさとバランス。最高です」

「そ、そうね。確かにそうだけど」

「私もダイニングテーブルが欲しいんですけど、予約すらできないほどの人気でまだまだ先になりそうです」

「ごめんなさいね。職人の手が多く入るから、作れる数に限界があるのよ。部分的にでも機械化すればいいんだけどね」

ちょうど運ばれてきたミックスサンドを口にしながら、花山が肩を竦める。

「いえ、長く待つだけの価値が小関家具の商品にはあります。真田さんをはじめ職人さんの熱意や技術を考えれば、待つのは当然ですから」

彩乃は目の前のミックスサンドを脇に置き、身を乗り出した。

「私、小関家具の商品を見るたびいつかこれを手に入れよう、そのために頑張ろうって前向きな気持ちになれるんです。うちのモデルハウスに来てくださるお客様にも私と同じ気持ちになってほしくて」

その思いひとつで真田に会いに何度も工房に足を運んでいるのだ。

「だから今回のモデルハウスには真田さんのテーブルが必要なんです」

つい声高になった彩乃を、花山がまじまじと見つめている。

その時。

「食べたら工房に来るんだよな。待ってる」

頭上から届いた低い声に慌てて顔を上げると、彩乃を見下ろす真田と目が合った。

黒い作業着姿で憮然とした表情を浮かべている。

「え、どうして？」

彩乃は慌てて立ち上がる。いつからここにいたのだろう、まったく気付かなかった。

「真田さん真田さんって、声がでかいんだよ」

真田は面倒くさそうに呟くと、彩乃たちの伝票を手に取り、さっさと会計に向かっていった。

「嘘……」

彩乃は店を出ていく長身の後ろ姿を、ぼんやり見つめた。


その後彩乃は急いで食事を済ませ、花山とともに工房に戻った。

「あの、真田さん、おつかれさまです」

彩乃は工房の奥に真田の姿を見つけ、遠慮がちに声をかけた。

小関家具ひと筋で職人生活を続けている真田は今年還暦を迎えた。職人気質《かたぎ》の頑固な一面があるものの、確かな技術と指導力の高さで後輩たちからの信頼は厚いと聞いている。

「こっちに来てくれ」

「は、はいっ」

彩乃は足早に真田に駆け寄った。

「お忙しいのに、すみません」

「それがわかってて何度も来てるんだろ」

真田は決して愛想がいいとは言えない声で振り返る。

「どっちがいいんだ？」

「え？」

「だからどっちがいいんだよ。モデルハウスなんて俺にはわからねえから自分でさっさと選んでくれ」

「選ぶって……まさか」

真田の視線の先にはダイニングテーブルが二台並んでいる。木目がはっきりと浮き出ているライトベージュの天板が魅力的な大きなテーブル。

そしてもうひとつはさっき花山と訪れたカフェで感激したテーブルと同じ寄せ木細工の模様がひときわ目立つ四人掛けのもの。

「何度も来られて花山に資料を預けて帰られたら、ついそのイメージで作ってしまうだろ。責任を取ってとっとと持って帰れ」

「もしかして、これをモデルハウスのために貸し出してくれるってことですか？」

彩乃は突然の展開に、夢ではないかと思いながらテーブルを見つめた。

「これを見たらこれからも頑張ろうって思うんだろう？　あれだけでかい声で話して

たら嫌でも耳に入る」

真田は繊細な動きでテーブルを順に撫でながら、口早に言い放つ。

「あ……すみません」

彩乃はとっさに頭を下げる。カフェでの会話を聞かれていたようだ。

「それに俺のテーブルが必要だってあれだけ熱弁されたら職人として応えないわけにはいかないだろ。何度も来られて長々と待たれるのも気になって仕方がないからな」

「真田さん……」

決して彩乃と視線を合わせようとせず無愛想だが、言葉は優しい。

真田はひとつ大きく息を吐き出すと、くるりと振り返った。

「水瀬さんの粘り勝ちだ。それと、俺たち職人の価値を認めてくれてうれしかったよ。ありがとう」

やはり真田はカフェでの彩乃の話を聞いていたようだ。

「で、どっちを持って帰る？」

「どっちと言われても……」

「次の仕事があるからさっさと決めて持って帰ってくれ」

急き立てる真田の言葉に胸がいっぱいになり、彩乃はうれしさをかみしめながら答えた。

「……どちらも素敵で選べません。それに、持って帰れません」

その日会社に戻った彩乃は、田尾に真田から貸し出しの許可が出たことを伝えた。

『まさかOKをもらえるなんて。水瀬さんの粘り勝ちね。ご苦労様。もちろん、モデルハウスに採用するわ』

田尾はやや呆れ顔で真田と同じ言葉を口にし、彩乃を労《ねぎら》った。

これでモデルハウスに配置する家具や家電などがほぼ確定したことになる。

彩乃はホッとすると同時に、真田の職人としての心意気を忘れることなくいいモデルハウスづくりに力を尽くそうと、気持ちを引きしめた。

「なに笑ってるの？　え、それになに。これって沖田さん？　いつの間にそういう関係になったの」

「え？」

突然の大きな声にハッと振り向くと、凛々が目を見開き彩乃のスマホをまじまじと見つめていた。

田尾への報告を終え、休憩室で小関家具の商品をモデルハウスに採用できたと藤吾にメッセージを送り、つい藤吾の写真を眺めていたのだが、タイミング悪く凜々に見つかってしまった。

「沖田さんだよね、これ」

「あ……」

画面には、彩乃の引っ越し祝いの日にグリル・おきたで撮った写真が映っている。

「これは、その……」

彩乃は慌ててスマホを裏返した。

「今さら遅い。で、いつから？　航空祭に行った時にはもう付き合ってたの？」

勘が鋭い凜々は、彩乃の話を聞くまでもなくふたりが付き合っていると察したようだ。

「そうじゃないの。それどころかブルーインパルスのパイロットだってこともあの時初めて知ったくらいで」

「じゃあ、どういうこと？」

「それは……」

ぐいぐい迫る凜々の勢いには勝てず、彩乃は藤吾とのことをかいつまんで説明した。

もともと宅見に藤吾とのことを知られた時点で、凜々にも打ち明けるつもりでいたのだ。

「へえ。いきなりプロポーズなんて、ドルフィンライダーやるなあ」

凛々は彩乃から沖田との出会いやプロポーズについて話を聞くと、笑い声をあげた。

「それで、彩乃は山下さんとのことを誤解しておまけに自分と比べて悩んでたんだ」

「うん。でも昨日会って話をしたらとても素敵な人でね。自分と比べて落ち込むどころか私も頑張らなきゃって力が湧いてきたの」

「それはそうでしょう。山下さんって仕事は完璧で最高の人なんだから」

山下ファンの凛々は、すかさず頷いた。

「そうそう。最高の人だった」

山下の仕事への誇りや熱い思い。そして佐伯との強い絆と愛情を知って、正直かなり感化された。

藤吾が命を預ける機体の整備を、彼女になら安心して任せられる。それどころか五番機の整備担当が山下でよかったと心底思えたほどだ。

あれほど山下を羨み自分と比べて落ち込んでいたというのに、今となっては山下のおかげで意識が変わり、小関家具の商品を採用できた。

「あ、そうだ。彩乃が力を入れてた小関家具、採用されたんだってね。よかったね」

「うん。ありがとう。それも二台貸し出してもらえるの」

工房に並んでいた二台のダイニングテーブルを前にどちらも選べず、結局ベージュの天板のテーブルは今回建設するモデルハウスに。そして寄せ木細工のテーブルは、仙台駅近くのモデルハウスに置くことになったのだ。

ひとつに絞れない彩乃にしびれを切らした真田が『だったら二台とも持って帰れ』と言ってくれたおかげだ。もちろん持って帰れるわけはなく、運送会社を手配し来週にも運ぶ予定だ。

その時、彩乃のスマホが震え、メッセージの着信を告げた。

見ると藤吾からのメッセージが届いていた。

【お疲れ様。彩乃の熱意が通じて俺もうれしいよ。今度会う時にお祝いしよう】

「うわー。本当に付き合ってるって感じだね。で、いつ会うの？　どんなお祝いしてくれるのか楽しみだねー」

凜々は彩乃のスマホを覗き込み、面白がるようにニヤリと笑う。

「えっと……次いつ会えるのかは、まだわからないの」

この間、せっかく小松基地の航空祭に誘われたというのに、仕事を優先して断ってしまった。

その時藤吾が見せた残念そうな顔を思い出し、彩乃は表情を曇らせた。

「そっか。沖田さんも今は忙しいからなかなか会えないか……だったら会いに行けばいいのに。今週末に小松基地で航空祭があるから行かない？　もちろんブルーインパルスも飛ぶよ」

「行く」

彩乃は間を置かず答えた。宅見との予定を忘れたわけではないが、今はそれより藤吾の晴れの舞台をこの目で見たいという思いの方が断然強い。

「絶対に行く」

宅見には申し訳ないが、彼のサポート役なら、自分である必要はない。今回ばかりは頭を下げて休ませてもらおう。

今までの自分ならあり得ないその判断に、彩乃は新鮮な思いを抱いていた。

第五章　すぐにでも結婚しないか

小松基地航空祭当日、彩乃と凜々は、前夜から宿泊していた金沢《かなざわ》駅近くのホテルを出発し、特急とシャトルバスを乗り継いで小松基地にたどり着いた。

本当なら今日は宅見に同行して顧客と会うはずだったのだが、休みを取りたいという彩乃の頼みを聞き入れてくれた田尾が、代わってくれたのだ。

「ここも人気があるんだね」

彩乃は松島基地同様の来場者の多さに驚かされた。

「ここでしか見られない戦闘機があるから、それを目当てに来る人も多いの。いずれ沖田さんもここに戻るかもしれないよ。もともと戦闘機パイロットだし」

「あ、イーグルライダーっていうんだよね。雑誌やネットで何度か見て覚えてる」

彩乃は上の空で凜々と会話しながら、基地内を進んでいく。

基地のことや戦闘機について興味がないわけではなく、地上展示されていると聞けば見にいきたいとも思うのだが、それよりブルーインパルスが気になって仕方がない。

厳密に言えば、藤吾が気になって仕方がないのだ。

ブルーインパルスの展示飛行は午後からで、その前に戦闘機などの展示飛行が行われるらしいが、そわそわして落ち着いて見られそうにない。

「すみません」

彩乃は周囲の人に気を遣いながら足取りを速めた。

「凜々さーん」

すると人混みの向こう側から、凜々の名前を呼ぶ声が聞こえてきた。

人混みの隙間から手を振る女性の姿が見える。見覚えのあるその顔、確か藤吾がブルーインパルスのファンだと言っていた蒔田だ。

「蒔田さん、お待たせー」

凜々は蒔田に向かって大きく手を振り返している。

「え、知り合いなの？」

蒔田がここにいるのはわからなくもないが、凜々とも顔見知りなのだろうか。

「ほら、行くよ」

戸惑う彩乃の手を掴み、凜々はズンズンと歩き出した。

「おはようございます。会えてよかったです」

無事に前列にいる蒔田のもとに着き、凜々はにこやかに言葉を交わしている。

「蒔田さんとはお互いにブルーインパルスのファンで顔見知りなの。この間の松島の航空祭の時に撮った写真を送ったら、彩乃と会ったことがあるって言うから驚いたわよ。で、今日一緒に見ましょうってことになったの」

「そうなんだ……驚いた」

彩乃は思いがけない縁に、目を丸くする。

「こんにちは。蒔田です。先日はご挨拶できなくてごめんなさいね。凜々さんとは航空祭で顔見知りになってから、こうして一緒に展示飛行を楽しんでいるの。彩乃さんとお友達だなんてびっくりしたわ。せっかくだもの、今日は楽しみましょうね」

「こちらこそ、ご挨拶が遅れてすみません。水瀬彩乃です。今日は突然すみません。よろしくお願いします」

彩乃は思いがけない偶然に驚きながらもそれ以上の期待で胸をいっぱいにし、ブルーインパルスの飛行が始まるのを待った。

「いよいよだ……」

午後に入り、駐機場の周辺はどっと人が増え、最前列で待つ彩乃の周囲もかなり混んでいる。

彩乃は両手を胸の前で握りしめ、駐機場に並ぶブルーインパルスの機体を見つめた。

「いつもウォークダウンの時はドキドキするのよね」

凛々も蒔田も目を輝かせ、今か今かと始まりを待っている。

多くの手がカメラやスマホを構える中、彩乃はただひたすら五番機の近くで藤吾が現れるのを待った。

「あ、六人が並んでる」

「五番機の横に山下さんもいるよ」

「カメラで撮るか、直接見るか悩むー」

あちこちから興奮した声が聞こえ、彩乃の心臓もバクバク音を立てている。

ざわめきの質が変わったと思った瞬間、一番機の向こうにドルフィンライダー六人が並んでいるのが見えた。

今では見慣れたフライトスーツが全員よく似合っている。

するとなにか合図でもあったのだろう、全員の表情が不意に引きしまったと思った次の瞬間、六人が歩みを揃えてゆっくりと歩き始めた。

彩乃は息を詰め、藤吾の姿を確認する。

アナウンスが流れているようだが、なにも耳に入らない。ざわめきも消え、彩乃は全神経を集中して藤吾を見つめた。

一番機から順にパイロットが隊列から抜け、機体の前で整備員と挨拶を交わす。

そして、五番機の前にたどり着いた藤吾も、きびきびとした動きで左に身体を向け、山下たち整備員と挨拶を交わしている。

「山下さん、今日も素敵だね。ダントツカッコいい」

山下ファンの凛々が、今日も興奮しながら呟いている。

ここは佐伯が所属している小松基地だ、山下は普段以上に張り切っているのかもしれない。

「あ、コックピットに入るよ」

見ると藤吾がコックピットに入り、飛行に向けての準備を始めている。

サングラス越しで表情はよくわからないが、引き締まった口元からはほどよい緊張感が見て取れる。

「沖田さんカッコいい」

どこからともなく聞こえてきた声に、彩乃も心の中でその通りだと大きく頷く。

藤吾とは今週はメッセージのやり取りだけで、電話もできずにいた。もちろん顔を合わせるのはこの間、藤吾の実家で会って以来だ。

今日ここに来る準備のために毎日遅くまで残業を続けていて、電話をするタイミングがなかったのだ。

「彩乃、見て」

凜々に腕を叩かれ、彩乃は振り返る。

「沖田さん、彩乃を見てるんじゃない？」

「え、そうかな……」

コックピット内の藤吾を見ると、ヘルメットを手に彩乃の方をジッと見ていた。

「気付いてくれたのかな……」

機体からはそれなりの距離がある上に、多くの人で混んでいる。最前列にいるとはいえ、彩乃に気付くとは思えない。

「でも、一応……」

まさか気付いていないだろうと思いつつ。彩乃は胸の前で小さく手を振った。

その後、展示飛行の一部とも言える整備員とコックピット内のパイロットとの手信号でのやり取りが始まり、そして。

一番機から順に滑走路に向かっていく。

「ほら、沖田さんが手を振ってる。彩乃も振って」

これまでになく興奮している凜々に手を掴まれ、彩乃は藤吾に向かって手を振った。後部座席にもうひとり乗っていて、ふたりして手を振り返してくれる。

「やっぱり彩乃を見てたね」

凜々はスマホで五番機を連写しながら声を弾ませている。

「そうかな……」

そうであればうれしいが、これだけ多くのファンがいるのだ、自分ひとりのためというのは申し訳ない。

彩乃は滑走路に向かう機体を見送りながら、今日も無事に飛行を終えますようにと願った。


「終わっちゃった。なんだかあっという間だったたね」

展示飛行を終えて駐機場に戻ってきた機体を眺めながら、凜々が肩を落とした。わざわざ前泊してまで航空祭にやってきたのだ。いざ終わってしまうと気が抜けて寂しいのだろう。それは彩乃も同じだ。

「うん……それに身体がなんだかおかしいかも」

四十分間空を見上げて興奮し続けていたせいで、全身が強ばり、頭がくらくらする。

「それにしても、最後のコークスクリューカッコよかったね。あーこれで終わるんだーって思うと寂しいけど、沖田さんの見せ場だしね。あ、写真も撮ったから、後で送る」

「ありがとう」

彩乃は笑顔で頷いた。終始直接空を見ていたので、結局一枚も写真を撮らなかった。今この空に藤吾がいると思うと一瞬すら目を離せず、スマホを手にする余裕もなかったのだ。

「あ、全員が揃うみたい」

凛々の声に駐機場に目を向けると、機体から降りたパイロットたちが、並んで手を振っている。

藤吾も任務を終えた安心感からか、これまでになく優しい表情で観客たちに手を振り歓声に応えている。

彩乃に気付く気配はまるでない。

これだけ大勢の人であふれ返っていればそれも当然だが、チラリとでも見てほしいと思っていると。

「おきたさんっ」

背後から藤吾の名前を呼ぶ声が聞こえた。振り向くと、彩乃のすぐ後ろにいた五歳くらいの男の子が、父親らしい大人に抱き上げられ藤吾に呼びかけている。

一生懸命に手を振る男の子の周りの視線が一斉に優しくなり、藤吾の反応をうかがっている。

すると、藤吾も男の子の呼びかけに気付いたのか、目尻を下げこちらに向かって歩き始めた。

「え、こっちに来るんじゃない？」

途端に周囲がざわめき始めた。

「沖田さんが来るわよ」

凛々の向こう側にいた蒔田が、そわそわしながらこちらに向かってくる藤吾を見つめている。

「今日はありがとう。楽しんでくれた？」

偶然だろうか、藤吾は規制用のロープ越しに彩乃の前に立つと背後の男の子に声をかける。

「おきたさん。おそらにいった？」

くりくりの丸い目で藤吾を大きく見つめ、首を傾げている。

周囲から「かわいい」という声があがる中、藤吾は男の子に手を伸ばした。

彩乃は慌てて身体を反らし、男の子たち親子を前に促した。

そっと顔を上げ藤吾を見ると、一瞬目が合ったような気がしてどきりとする。

「こんにちは」

藤吾は男の子の頭を優しく撫で、目を合わせた。

「いつかお空を一緒に飛べるといいな」

「うんっ」

男の子が満面の笑みを浮かべたのを確認し、藤吾は男の子から離れた。

「沖田さんっ」

自然と湧き上がる呼びかけにも藤吾は笑顔で答え、手を振り返す。

するとその様子を眺めていた蒔田が、突然藤吾の前に顔を出した。

「おつかれさまです。今日も楽しませていただきました。ね、彩乃さんも楽しんだわよね」

蒔田はそう言うや否や彩乃に近付き、藤吾の前に押し出した。

「あ、あ、あの」

彩乃は藤吾を見上げ、呆然とする。

会えればいいと思っていたが、心の準備もできないまま、それも大勢の観客が注目している中だ。なにをどうしていいのかまるでわからない。

息を止め、ただひたすら藤吾を見つめた。

「今日は来てくれてありがとうございます。いかがでしたか？」

藤吾はわずかに声を潜め、彩乃に話しかけた。

「あ、あの。とてもカッコよくて、見とれました。来てよかったです」

藤吾の目があまりにも優しくて、彩乃は素直な想いを口にできた。

「ありがとうございます」

大きな笑顔でそう答えた藤吾は、そのまま他の隊員たちのもとに戻ろうとしたが、不意に蒔田の手からこぼれ落ちたタオルに気付き、拾い上げようと身を屈《かが》めた。

「あ、私が」

彩乃もとっさに腰を下ろした。

「と、藤吾さん……」

気付けばふたりしてしゃがみ込み、見つめ合っている。

他のパイロットたちと観客のやり取りが頭上で聞こえ笑いも起きているが、まるで別の世界のことにしか思えない。

ただひたすら藤吾から目が話せずにいると。

「今日は彩乃のために飛んだ。……愛してるよ」

藤吾は拾い上げたタオルを彩乃に手渡しながら、そっと囁いた。

「は……」

いったいなにが起きたのだろう。

藤吾はぼんやりしている彩乃の手を引き、立ち上がらせると、何事もなかったかのように他の隊員たちのもとに戻っていった。

ふと辺りを見回すと、誰も彩乃のことなど気にかけず隊員たちに向かって手を振っていた。

まるで夢でも見ていたかのようで、不安になる。

けれど。

「蒔田さん、ナイスでした」

「でしょう？　あのタイミングでタオルを落とすのってなかなか難しかったわ」

凛々と蒔田が意味ありげに頷いていて、あれは夢でも幻覚でもなかったのだと理解した。

凜々と蒔田のおかげで藤吾とわずかながらも言葉を交わすことができ、彩乃は満ち足りた気分で小松基地を後にした。

すでにブルーインパルスは松島に向けて出発し、蒔田が言うには今頃はもう基地に到着しているらしい。

金沢で一泊するという蒔田と別れ、彩乃は凜々とともに帰路に就いた。

自宅に着いた時にはすでに二十一時を回っていて、彩乃はソファに寝転び身体を休めた。

「疲れた……でも行ってよかった」

仕事の段取りを整えるのは大変だったが、藤吾に会いたい気持ちに素直に従って本当によかった。

「カッコよかったな……」

彩乃はバッグの中からスマホを取り出し、凜々が送ってくれた写真を表示した。

ウォークダウン中や飛行中はもちろん、降機後、男の子に話しかける姿や、その後蒔田の機転で彩乃と顔を合わせ、言葉を交わしている藤吾の写真がずらりと上がってくる。

来ているはずのない彩乃の姿を見つけた時、藤吾はどんな気持ちだっただろう。少しは喜んでくれただろうか。

小松に行くと決めたものの、突発的な仕事が舞い込み行けるかどうかギリギリまでわからなかったのもあって、藤吾には結局行くことを伝えなかったのだ。

彩乃は写真を順に眺めながら、藤吾に会いたくてたまらなくなった。

もともと今日と明日は仕事で会えないと伝えていたので、約束をしているわけでもなく、明日は藤吾もせっかくの休日だ、なにか予定を入れているかもしれない。

ひとまずメッセージだけでも送っておこうとソファの上に起き上がった時、来客を告げるインターフォンの音が部屋に響いた。

「え？　なんだろ」

スマホを見ると二十二時を過ぎている。こんな時間に来客の予定はもちろんなく、彩乃は恐る恐るモニターを覗いた。

「藤吾さん？　どうして」

モニターに映っていたのは一階玄関に立っている藤吾だった。

「あ、あ。すぐに開けます」

彩乃は慌てた声をあげ、オートロックを解除した。

「疲れてませんか？　突然なのでびっくりしました」

彩乃は藤吾にコーヒーを差し出しながら、問いかけた。

聞けば松島基地に戻った後、打ち合わせや事務作業を済ませて一旦自宅に戻り、車で彩乃の家に来たらしい。

唐突な訪問に、彩乃はラグの上に藤吾と並んで座り、そわそわしている。

「びっくりしたのは俺の方だよ」

藤吾は彩乃に向き直り、苦笑気味に答えた。

「コックピットから彩乃の顔が見えた時は、見間違いだよなって何度も見直した」

「ごめんなさい。行けるかどうかギリギリまでわからなくて。でも、私のこと気付いていたんですか？」

確かに彩乃を見ていたが、それほど近い距離ではなかったのでそれはないだろうと思っていた。

「もちろん気付くよ。この一週間会いたくて、声すら聞けなかった恋人が来てくれたんだからな」

藤吾は大袈裟な口調でそう言うと、彩乃の頬を両手で包み込み、甘い声で囁いた。

「このかわいい顔を、見落とすわけがない」

「……うれしいです」

彩乃は熱い頬を隠すようにうつむいた。

「彩乃。こっちを見て」

心なしか熱がこもっている藤吾の声におずおずと顔を上げると、藤吾は彩乃の頬を親指でそっと撫でた。

「ん……」

思わず声が漏れる。

次の瞬間、なんの前触れもなく唇に藤吾の唇が重なり、彩乃は身体を震わせた。


「明日も一日一緒にいられるんですか？」

熱を帯びた空気が広がる寝室で、彩乃は声を弾ませた。

「ああ。もともと明日は休みだ。彩乃の方こそ仕事じゃなかったのか？」

藤吾はそう言って、胸の上に頭をのせ甘えた表情を見せる彩乃を抱き寄せた。

彩乃が普段使っているシングルベッドは藤吾の身体には小さく、自然とふたりは身体を寄せ、抱き合っている。

愛し合った後のけだるさと心地よさの中、ぽつりぽつりと言葉を交わしていた。

「本当は宅見君と一緒にお客様との打ち合わせがあったんですけど、課長に代わってもらいました。もともと営業出身でお客様と接するのが好きだっておっしゃっていたので、ふたつ返事でOKしてくれたんです」

それどころか田尾は久しぶりだからと言って、歩いても疲れない営業用のパンプスを新調して気合いを入れていた。

「そういえば、小関家具の商品をモデルハウスに採用できたんだよな。よかったな」

「はい。それも心がこもった素敵な商品を置けることになって、本当にうれしいです。課長と職人さんからは私の粘り勝ちだって言われました」

今ではモデルハウスの仕様や内装、備品などが確定し、チーム一丸となって建設に向けて進んでいる。

「あ、宅見君から連絡があって、契約が取れたそうで、よかったです」

「宅見君か……。ベッドの中でする話じゃないな」

藤吾は明らかに不機嫌な声でそう言うと、彩乃をさらに強く抱きしめた。

筋肉で覆われた身体は硬く、なにもかもから守られているようで安心する。

彩乃は藤吾の胸に頬を当て、安堵の息を吐き出した。

「藤吾さん、疲れているのに来てくれてありがとうございます」

「こちらこそ、わざわざ前泊してまで小松に来てくれてありがとう。残業続きだって言ってたけど、無理してないか？」

彩乃を心配するくぐもった声が、藤吾の厚い胸から聞こえる。

「大丈夫です。それに、無理をしてでも藤吾さんの飛行を見たかったから、今は大満足です」

「彩乃……」

藤吾はたまらないとばかりにぎゅっと彩乃を抱きしめる。

「その気持ちはうれしいが、体調を壊したりなにかあったりしたらと思うと心配なんだ。無理はしないでくれ」

「……わかりました。気をつけますね」

彩乃も藤吾の身体に腕を回し、ギュッとしがみついた。

彩乃には藤吾の〝なにかあったら〟という気持ちがよくわかる。

今日の航空祭の時もそうだが、空に飛び上がった後なにかあったらどうしようと不安に思うのだ。二度と会えなくなったらどうすればいいのだろうと、答えが出せない問いを何度も心の中で繰り返す四十分間は、とても長かった。

それでもきっと、この先何度もブルーインパルスの飛行を見にいくのだろう。

そしてこうしてふたりでベッドに入り、互いの体温を重ねながら生きていきたい。

それだけで幸せで、藤吾のことも幸せにできればと思う。

「彩乃」

ふと藤吾の声音が変わり、彩乃はそっと顔を上げた。

すると藤吾はゆっくりと上半身を起こし、彩乃の頭を優しく撫でる。

「藤吾さん……？」

彩乃も続いて起き上がり、藤吾に寄り添った。

「あの……？」

藤吾は戸惑う彩乃の身体にブランケットをかけ、強い意思が感じられる瞳を彩乃に向けている。

「好きだよ。彩乃」

吐息とともに届いた言葉に、彩乃は小さく身体を震わせた。

「もうしばらく待つべきだとわかっているが……」

藤吾はそこでいったん言葉を区切ると、すっと表情を引きしめた。

「すぐにでも結婚しないか？」

決意が込められた強い声が、部屋に響く。

「すぐにでも、結婚……」

彩乃は一瞬息をのみ、繰り返した。

気付けば鼓動がトクトクと激しく音を立てていて、部屋の空気が柔らかく変化したような気がする。

「恋人から始めたい彩乃の気持ちはわかるが、俺はもう彩乃以外考えられないんだ。ふたりで幸せになりたいし、愛し合いたい」

「藤吾さん……」

藤吾から強い想いをぶつけられ、声が震えるのをどうすることもできない。

「私……私も藤吾さんと幸せになりたいです」

湧き上がる想いが自然と口をついて出る。以前結婚しようと言われた時に感じた迷いは、今はもうどこにもない。

それはきっと、藤吾に愛されていると素直に信じられるからだろう。

そして、自分自身にも藤吾を愛し続ける自信が生まれたから。

「愛してるよ、彩乃」

「私も。藤吾さんを愛しています」

藤吾の瞳をまっすぐ見つめ、想いを素直に伝えた。

「彩乃……」

「きゃっ」

彩乃の答えに満足したのか藤吾は顔をほころばせ、勢いよく彩乃をベッドに押しつけた。

「あ、あのっ」

「幸せになりたいなんて少し違うな。もう、とっくに幸せだ」

藤吾は彩乃の唇に、吐息交じりの想いを注いだ。

そして。

決して二度と離さないとばかりに力を込めて彩乃の身体を抱きしめ、ひと晩中彩乃を愛し続けた。

ふたりが重なり合う熱い吐息と歓びに満ちた声が、絶え間なく部屋に響く。

彩乃が私もとっくに幸せだと落ち着いて答えられたのは、部屋に夜明けの光が差し込んでから、しばらく経った頃だった。


【完】

潜入捜査と恋の罠

高田ちさき

第一章　出会いは突然やってくる

周辺の明かりが落とされた広いフロアには、カタカタとキーボードの打鍵音だけが響く。気が付けば今日もひとり、またひとりと「おつかれさまでした」と言いながらフロアを去っていき、私だけになっていた。

「はぁ〜疲れた」

誰もいないのをいいことに、独り言が増えてしまう。そのくらい許してほしい、もう何日も終電で帰る日が続いているのだから。

今年の夏はなにもできなかったなぁ。

仕事に追われているうちに、気が付けば九月の半ばになっていた。

私、本田《ほんだ》葵《あおい》は、新卒での就職がうまくいかずに、そのまま派遣社員として働きだした。

何社目かの派遣先であるここ、『株式会社フロントビスキー』で正社員として登用されて、やっと経済的に落ち着いた生活ができるようになったところだ。

だから多少の残業が続いたとしても簡単に音をあげるつもりはない。しっかりと残業代をいただいて将来に備えて貯金できると思えばやる気も出る。

ここフロントビスキーはＩＴサービスの企業で通信インフラの開発をメインに行っている、日本で三本の指に入る大企業だ。

特に主力事業である次世代通信の開発に関しては、社会や経済に大きな変化をもたらすだろうと世界的な注目を浴びている。

そんな世界に名を轟《とどろ》かせる大企業に派遣の時の仕事ぶりを認められ、正社員へと昇格できたのはラッキーだった。

従業員は全世界で二万人。連結子会社を入れれば十万人を超える。小学生にもなれば子どもだって知っている会社だ。

最新の設備に広いフロア。洗練された人たちが行き交うオフィス。学生の頃ドラマで見て憧れた職場。まさにそんな感じだった。

本当に恵まれていると思う。しかしそれは上司の飯田《いいだ》課長の存在を除けばだ。

そもそも私が連日残業をしているのは、飯田課長から仕事を押しつけられているからだ。最初は通常の業務内のことだと思っていたけれど、明らかに彼がやるべき資料作りなどを回されている。

開発部署はそれなりに残業も多いみたいだが、ここの部署は事務仕事がメインだ。

皆効率よく仕事を終わらせて、さっさと帰宅している。

私だけ残業が超過していると部長に呼び出された時に相談したが、飯田課長はのらりくらりと言い訳をして改善されたのはひと月だけだった。

今はもうあきらめて、四月の部署異動までひたすら我慢するつもりだ。

「おなかすいたなぁ」

非常食として常備しているチョコレートを切らしてしまっている。

「ダメだ、我慢できない」

私は引き出しからスティックコーヒーを取り出すと、立ち上がり給湯室に向かった。

昼間は多くの人が行き交う廊下も、今はしんと静まり返っている。

廊下の角を曲がってすぐのところにある給湯室。中に入ると人感センサーで明かりがともった。戸棚の中にある自分のマグカップを取って、持ってきたスティックコーヒーの封を切り、さらさらと入れる。

ふとその時に、壁に設置してある鏡に映る自分の姿を見てため息が出た。

せっかく皆が憧れるであろう大企業で働いているのに、疲れが滲むその姿にキラキラ感は皆無だった。

身長一五四センチ、あと一センチ伸びないかなと思い続けて何年経っただろうか。

自他共に認める童顔で、二十六歳にもなるのに普段着だと年齢確認されることが年に一度はある。

二重の大きな目が羨ましいと言われることもあるが、子どもっぽく見える原因でもある。おでこが狭いのがコンプレックスで前髪は必須なのも、年齢相応に見えない理由なのかもしれない。

基本的に仕事と自宅の往復なので、さしておしゃれに興味もなくお化粧も最低限、もともと色素が薄くふわふわのくせ毛だが、なにをどうしても言うことを聞かないので、いつもは丁寧にとかすくらいしかしていない。

まあ、端的に言えばやぼったいのだ。

疲れているから余計にそう見えるのよ、きっとそう。

自分に言い聞かせながらウォーターサーバーからお湯を注ぐと、コーヒーのいい香りが鼻をくすぐった。

すぐに飲みたいくらい空腹だったが、あまりにも熱くてまだ飲めそうにない。私はそのままマグカップを手にフロアに戻ることにした。

これを飲んだら、あと少し頑張って……できれば明日の仕事のリストは作っておきたいな。

そう思いながら角を曲がった瞬間、人にぶつかってしまった。

「きゃあ」

「おっと」

一歩引いて相手を見ると、警備員の制服を着ている男性だった。

あれこれ考えながら歩いていたせいで、人の気配にまったく気が付いていなかったのだ。

「す、すみません。あの制服がっ」

彼の胸よりも少し下のあたりが、私が手にしていたマグカップからこぼれたコーヒーで濡れてしまっている。

「あぁ、大丈夫ですよ。黒だから目立ちませんし。それよりも――」

彼は一歩距離を詰めると、私の手を取った。

「あなたの手の方が心配だ」

「え、あっ……本当だ」

相手にコーヒーを引っかけてしまったことに気を取られて、自分のことにまで気がまわらなかった。

手が赤くなっていることに言われてから気が付いたが、少しジンジンする。

「大丈夫です。多分」

私は平気だと伝えるつもりで笑ってみせたけれど、彼はジッと私の手を見ている。

「失礼」

「えっ」

次の瞬間には、彼が私の手を引いて給湯室に向かっていた。

「あの」

「いいから。そのままにしていると痕《あと》が残るかもしれない」

「はい」

私は頷いて、言われるままに彼についていく。手首はギュッと彼に握られたままだ。熱い液体がかかったところは、熱を持ってジンジンしている。しかしそれと同時に彼が掴んでいる手首も熱い。ついでに私の頬も。

彼は気にした様子もなくそのまま給湯室に足を踏み入れるとまっすぐに蛇口の前に立ち、私の手を流水にあてる。

「……っ」

最初だけ水の勢いにわずかに痛みを感じたが、冷たい水のおかげで手の甲の熱は随分ましになった。

「そろそろ大丈夫かな？」

「あ、はい。ありがとうございます」

それまで手に視線を向けていた男性が、顔をこちらに向けたので急に目が合ってドキッとする。

え、すごくカッコいい。

まともに目が合ったのは初めてだった。それまで帽子に隠されていて、はっきりと顔が見えなかったのだ。

「まだ赤いけど、このくらいなら大丈夫でしょう。家に塗り薬があればいいんですが。この時間、医務室は閉まってますし」

彼が私の手を取って患部を確認しながら、アドバイスをしてくれる。

「多分、家にあると思うので。大丈夫です」

「それならよかった。痕にならなければいいですね」

その時になって彼がやっと私の手を離した。その手は私の手を冷やしていたせいで水で濡れてしまっている。

急いでペーパータオルを取って、彼に渡す。

「ありがとう」

「いいえ、お礼を言うのはこちらです。ご迷惑をおかけしたのに心配までしていただいて。あ、あのクリーニング代を――」

「いやいや、本当に気にしないで。俺の方も気を付けてなかったから」

彼は笑みを浮かべて、手を振っている。

「服は代わりがいくらでもあるけど、君の綺麗な手に痕が残る方が大変だ」

肩を竦《すく》めて笑っている。多分からかわれているのだろうけれど……。

「き、綺麗って……いや、あの……その」

普段自分に対して使われることがない言葉に、思わず赤面してしまう。

手を褒《ほ》められただけなのに、意識していたら変に思われちゃう。

ひとりであたふたしていたら、手を拭き終えた男性はペーパータオルを丸めてごみ箱に放り込み、給湯室を出ようとしていた。

「ありがとうございました。おかげで随分痛みがましになりました」

「いいえ、どういたしまして。お大事に、本田さん」

彼は笑みを浮かべると、帽子のつばを手で持って軽く会釈をした。そしてそのまま給湯室を出ていく。

彼が十分離れたのを確認してから、私は「はぁ」と大きなため息をついた。

「あんなにカッコいいなんて反則よ」

突然出会うには心臓に悪いくらいのイケメンだ。きりりとした眉に切れ長の目。黙っていれば少し怖い印象を持ってしまうかもしれないが、それは彼の顔があまりにも整いすぎているからだろう。

それに私は彼が浮かべる笑みを見てしまった。そのギャップがいい。思い出してもドキドキしてしまう。

身長は私よりも二十センチくらい高かったので、百八十センチを超えていそうだ。年齢はどのくらいだろうか。間違いなく私よりは年上、三十代前半といったところだろう。

それに声も素敵だった。

「〝本田さん〟って……あれ？　私、名前教えた？」

IDカードには社員番号しか書いていない。なぜ彼は私の名前を知っているんだろう？

首をひねった瞬間、給湯室の時計が目に入った。

「嘘、もうこんな時間！」

慌てた私はほんの少し中身の残ったマグカップを洗って、急いでデスクに戻った。

そしてそこからは、なんとしても終電に間に合わせるべく、いつにも増して仕事に没頭した。

あの日から三週間ほど経った日の、二十一時半。

残業を終えた私は同じフロアにある休憩ブースにいた。〝ブース〟といっても大袈裟《おおげ》なものではなく、自動販売機とベンチが廊下とパーティションで区切られている簡易的なものだ。

仕事が終わったのなら早く帰ればいいのだけれど、私は火曜日と木曜日のこの時間はここに立ち寄るようにしている。

理由は――。

「本田さん、こんばんは」

「あ、神宮司《じんぐうじ》さん。おつかれさまです」

振り向くと、制服姿の男性がこちらに向かって歩いてきていた。

彼は神宮司了介《りょうすけ》さんといい、先日私がコーヒーを引っかけてしまった相手だ。

あの後、彼とはわりとすぐに再会できた。会った途端、私のやけどの具合を気にしてくれた彼と改めて自己紹介をし合って、やっと彼の名前を知ることができた。

彼は『帝英《ていえい》警備保障』から今月になって派遣されたらしい。シフト制で火曜日と木曜日は夜勤でこの時間にフロアを見て回っているそうだ。

「なにか飲みますか？」

「いいえ、勤務時間中ですので。ちょっとここで息抜きしていることは内緒にしてください」

肩を竦めておどける彼に、私は笑みを漏《も》らした。

「私の愚痴も内緒にしてくれるなら」

「もちろん。さぁ、いくらでも話を聞くよ」

再会した後なんとなく会話をするようになった私たち。待ち合わせをしているわけではないけれど、火曜日と木曜日のひとけの少なくなったこの時間にこの場所で、わずかな時間だが言葉を交わすようになった。

そしてこの〝わずかな時間〟を私は楽しみにしている。

火曜と木曜の勤務中、時計の針がいつもの時間に近付くにつれて、そわそわしてしまうほどに。

「それで、先日おっしゃっていた上司の方、最近はどうですか？」

彼は以前私が話した他愛《たわい》のない愚痴を覚えていて、心配してくれていたようだ。小さなことなのに、覚えていてくれたことがうれしい。

「どうって相変わらずですよ。今日だって私に大量の仕事を押しつけて。いや、仕事を渡されるのはいいんですよ。ただいつも期限ぎりぎりなんです。だからそれだけでもどうにかしてほしい」

急な仕事がそんなに毎日あるはずがない。せめてもう少し猶予《ゆうよ》のある段階で依頼してくれれば、それなりに時間を考えて仕事ができるのに。

「たしかにそれは君の言う通りだね。毎回となると災難とは言い切れないな」

「そうなんですよ。それに最近はやたらお使いを頼まれることも増えて」

「お使い？」

私が頷くと彼は興味深そうに目を少し開き、話の先を促した。

「そうなんです。なぜか一社だけ書類を手渡しするように言われるんですよ。今時、時間の無駄だと思いませんか？　データで送れば済むようなものなのに」

「なるほど、まだ日中は暑いですから大変ですよね。昔から取引のある会社で今までもそうしてきたのかな？」

彼がそう思うのも無理はない。時代の最先端のＩＴ技術を誇るわが社が、まだ日々の書類を手渡しでやり取りしているなんて、なかなか信じられないだろう。それもそうだ。他の会社とはほぼペーパーレスでやり取りをしているのだから。

「それが違うんですよ。ここ最近取引が始まった会社なんですけど……って、あんまり話をしちゃいけないんだった」

慌てて口を押さえる。

「あぁ、守秘義務がありますからね」

「すみません。あ、そういえば以前教えていただいたお店、行ってきました」

これ以上詳しい話はできない。だけど彼との会話を終わらせたくなくて、別の話題を出してみる。

「さっそく？　どうでしたサンドイッチ美味《おい》しかったでしょう？」

「はい。あと、オレンジジュースが手搾《てしぼ》りで感動しました」

先日彼に教えてもらった喫茶店が、自宅から近かったので行ってきたのだ。

「よかった。紹介した手前、そうやって感想を言ってくれるとうれしいです」

にっこりと笑う彼を見て、胸の中がふんわりと温かくなる。彼と話をするのはほんの短い時間だ。目的があって話をするわけじゃないので、天気やおすすめの食べ物やお店の話だったりする。

けれど今の私にとって、彼と話をするこのわずかな時間が、日々の中でなによりも癒《い》やしだった。

「じゃあ、俺はそろそろ。本田さんも気を付けて帰って。夜道にイヤホンはダメですよ」

別れ際、こうやっていつも心配されるのだが、過保護すぎる。

「ふふふ、お父さんみたい」

思わず口からこぼれた言葉に、彼は心外だと言わんばかりだ。

「失礼だな、まだお父さんって歳《とし》じゃない」

「そうですね、ごめんなさい」

肩を竦めてみせると、彼が私の目をまっすぐ見て微笑《ほほえ》んだ。

「それにどうせなら、お父さんよりも彼氏になりたいかな」

「えっ⁉」

驚いた私が目を見開くのを見た彼は、くすっと小さく笑ったかと思うと、くるっと踵《きびす》を返して廊下に消えていった。

な、なんてこと言っていなくなるの？

ドキドキとうるさい心臓を押さえて、私は座っていたベンチに手をついた。

冗談だってもちろんわかっている。私だってそこまで身のほど知らずじゃないもの。

でもあんな風にイケメンで……しかも一緒にいて楽しい相手に言われると意識せずにいられない。

「はぁ……こっちは慣れてないんだから、心臓に悪いセリフを言わないでほしい」

そんな身勝手な願いを呟きながら、発作のごとくドキドキする心臓が落ち着くまで私はその場で深呼吸を繰り返した。

ドキドキを鎮《しず》めてから、荷物を取りに自分の席に戻る。

今日も元気が出た。明日からも頑張れそう。

気を抜いたら、うっかり鼻歌でも歌い出しそうなほど上機嫌で扉を解錠する。中に入るとガタッと大きな音がした。

自席を見るとそこには、勢いよく立ち上がる飯田課長がいた。

いつもなら課長はとっくに帰っている時間なのに、どうかしたのだろうか。

せっかく先ほど神宮司さんに愚痴を聞いてもらい気持ちが浄化されたと思ったのに、元凶と顔を合わせてしまった。

「課長、そこ私の席ですけどどうかしましたか？」

「本田さん、君もう帰ったんじゃなかったのか？」

焦った様子を不思議に思いながら、首を横に振った。

「いえ、少し用事があったんです。もう帰るので荷物を取りに来たんですけど」

「なんだ、まぎらわしいな」

不満げな顔をされて、ムッとしてしまう。なんでそんな言い方しかできないのだろうかと。しかしここで言い争うわけにもいかない。

私は小さく息を吐いて、もう一度先ほどの質問を繰り返した。

「それで、課長はここでなにをなさっているのですか？　私のパソコンがどうかしましたか？」

自分のデスクであれこれされるのは、あまり気分のいいものではない。

「あ、明日必要な会議の資料、どうなってるんだ？」

「それなら昨日のうちにサーバーに保存して、その旨メールで報告してますけど。履歴確認しますか？」

口頭ではなく、メールを送信しておいてよかった。一度言った言わないでもめた経験があるので取った自衛策だ。

「それならいい」

それだけ言い残すと、自分の席に戻っていった。

なんなの……いったい。

心の中を不満でいっぱいにしながら、私は飯田課長が出しっぱなしにしていた椅子を片付けて自分の荷物を手に取った。

早く帰ろう。このままいたら、またなにか押しつけられるかもしれない。

「おつかれさまでした」

十分聞こえるように言ったつもりだが、飯田課長は無反応だ。でもいつものことだから気にしないで廊下に出た。

一日の最後の最後に……と思わないでもないが、ああいう人だと割り切る他ない。

そんなことよりも、今日は少しでも早く帰って最近さぼっていた肌のお手入れでもしよう。

久しぶりに自分に手をかけたくなったのも、きっと神宮司さんのおかげだろう。疲れてげっそりしているだけの日々が、少し明るくなったような気がした。

朝夕幾分涼しくなったけれど、まだ暑さの残る九月下旬。

いつになったら、秋らしくなるんだろう。

この間、久しぶりに覗いたお気に入りの洋服店のショーウィンドウはすでに秋冬ものが出ていた。かわいいニットが目について買ったのだが、この暑さだと着られるのはもう少し先になりそうだ。

　珍しく定時に仕事を終えた。しかも今日は金曜日だ。足取り軽くエントランスを出た。ゆっくりと歩道を歩きながら色々と妄想を巡らせる。

せっかくだからどこかで食事して帰ろうかな。それともデパ地下でちょっといいお惣菜とスイーツを買って、ビール片手にドラマを見ながらのんびりするのもいいかも。

休みの始まりにうきうきしながら歩いていると、ふいに「危ないっ」という声が聞こえ、誰かに体を引っ張られた。

「きゃぁ」

　悲鳴をあげるのと同時に私の横をマウンテンバイクがすり抜け、ブレーキの音が響く。歩道にはバッグが転がり、中身が飛び出ていた。

「ケガはない？」

「はい……って、神宮司さん⁉」

　自分を支えている人の顔を見て驚いた。普段は制服姿の彼が今は私服で立っていたからだ。慌てて自分の足で立つ。

「ありがとうございます」

「礼を言われるほどのことじゃないし、ケガがないならいいんだ」

彼は周囲に転がっている私の荷物を、かがんで拾っている。私も足元に転がるポーチを手に取った。

「ごめんなさい！　ケガしてませんか？」

荷物を拾っていると、マウンテンバイクに乗っていたらしき大学生くらいの男性が駆け寄ってきた。

しっかりポーチのファスナーを閉めていなかったせいで大惨事だ。

「本当にごめんなさい。これ、壊れていないか確認してください」

駆け寄ってきた男性は子犬のような澄んだ目を潤ませている。本当に申し訳なさそうに謝罪をしながら、拾ってくれた私のスマートフォンを差し出してきた。

言われるままにパスワードを入れて、動作確認をする。すぐに実家で飼っているポメラニアンの画像が表示された。

「大丈夫みたいです。データも問題なさそうだし……傷も見当たりませんから」

「よかったぁ。危うく綺麗なお姉さんにケガさせるところでした」

ホッとした様子で胸を撫《な》で下ろす男性から、心からの反省が伝わってくる。

「本当に、本当に、ごめんなさい」

頭を何度も深く下げる彼。

「あの、どこもケガしていないし、壊れてもいないし大丈夫ですから。そんなに謝らないでください」

「うう……ありがとうございます」

そんな風に目を潤ませて謝られると、こちらが被害者なのに同情しそうになってしまう。

しかし隣の神宮司さんは、厳しい態度のままだった。

「今回は大事には至らなかったが、もう少しで彼女にケガさせるところだったんだぞ。自転車なんだから車道を走るべきだし、スピードも出しすぎだ」

「はい、申し訳ありません」

言われた男性も、真摯《しんし》な態度で謝罪している。

「神宮司さん、そのくらいで。私もぼーっとしていたので」

「あぁ。本当に大丈夫なんだな？」

「はい、この通りピンピンしていますから」

私が大袈裟にガッツポーズをしてみせると、彼はやっと顔を少しほころばせた。

「厳しい言い方をしたけれど、事故には気を付けて」

「はい。ご迷惑をかけてすみませんでした」

シュンと肩を落とした男性は最後にもう一度頭を下げ、自転車を押して駅に向かっていった。

「とんだ災難だったな。ケガしていないようで安心した」

「はい。ありがとうございます。助けていただいて」

「ちょうど通りかかったところでよかったよ」

たしかにこんなにいいタイミングで現れるなんて。

彼のおかげでケガをせずに済んだ。これはお礼をするべきなのでは？

だけど急に誘ったら、迷惑かもしれない。

「あの……もしよかったらなんですけど」

迷ったけれど、私は勇気を振り絞った。

「先日のお詫びと、今日のお礼を兼ねて……い、今からご馳走させてくれませんか？」

緊張しすぎて途中、かんでしまった。ちらっと神宮司さんを見ると驚いたように目を見開いている。

これは……失敗したかも。急に食事に誘うなんて迷惑だったかもしれない。

私は彼と話をするのを楽しいと思っているが、彼も同じ気持ちかどうかはわからない。彼の中では、ただの仕事中の暇つぶしだと考えている可能性の方が大きい。

焦った私は慌てて言い訳をする。

「いや、あの、私服なのでもうお仕事終わったのかなって思って。ほら、普段はなかなか会社の外で会うなんてことないですし、それに――」

「いいですよ」

「え？」

必死で言い訳をしていた私は彼の言葉に驚き、まじまじと彼の顔を見つめてしまう。

「食事行きましょう。ぜひ」

「え、あ……はい。はい！」

断られるだろうと思っていた反動で、思い切り元気のいい返事をしてしまった。恥ずかしい。

「あの、本当にいいんですか？」

「もちろん。誘ってもらえてうれしいよ」

あぁ……勇気を出してよかった。

「なにか食べたいものはありますか？」

「いいや、特には。なんでもいいよ」

あまりお店を知らないので、助かった。

「それなら、行きたいお店があるんです。そこでもいいですか?」

「どんな店なのか、楽しみだな」

「ここからそう遠くないので、こっちです」

私が歩き出すと、彼も隣をついてきた。足の長さが違うが彼はゆっくりと私の歩幅に合わせてくれている。

「本田さん、今日は残業じゃなかったんだね」

「はい、本当に金曜日にこんなに早く帰れるのは珍しいんです」

普段は週明けに仕事を残したくなくて、ついつい遅い時間まで働くことが多い。

「それなら俺は相当運がいいんだな。そんな日に食事に誘ってもらえるなんて」

「う、運がいいなんて……」

それは彼が私との食事を楽しみにしているということだ。もちろん社交辞令ってこともあるだろうけれど。

淡い期待を抱きそうになるのを「ただの食事なんだから」と言い聞かせる。

「あ、見えました。あそこです」

地下に続く階段の前に、黒板が置かれていて今日のおすすめメニューが書いてある。

時間が早いこともあって席が空いていた。スタッフに案内されてふたり向かい合って座る。

居酒屋というよりバルに近い。クラフトビールが飲めるお店で、それに合わせた料理が楽しめるのが売りだ。

「結構盛況だね」

「はい。席が空いていて運がよかったですね、私たち」

頷き合いながら、ひとつのメニューを眺める。

「おすすめはクラフトビールらしいんですが、神宮司さんお酒は？」

「いくらでも飲める」

「いくらでも⁉」

その言い方がおかしくて、声を出して笑った。

そうこうしているうちに、スタッフが注文を聞きに来た。もたもたしている私に代わって、神宮司さんがスマートに対応をすませた。

「話が途中になっていたね。君は、お酒は好き？」

「好きだけど、そんなに強くはないです。でも仕事の後のビールは最高ですよね」

特に今日のような仕事から解放された金曜日に飲むビールは至高の域だ。

「ははは、たしかに。それに今日は、美味しい料理に君もいるしね」

「え……」

深い意味はないのだろうけれど、そんなことを言われると意識してしまい、顔が熱くなる。こちらとしては、恋愛経験が乏しい上にご無沙汰なのだ。あまり刺激しないでほしい。

「あ、きたきた」

どういう反応をするのがいいのか正解を探しているうちに、注文していたビールと料理が運ばれてきた。

神宮司さんはそれを待っていましたとばかりに受け取っている。どんな態度を取ればいいのかわからなかった私もひとまずホッとする。

お互いにグラスを持ち「おつかれさま」と言いながらビールを口に運ぶ。きめ細やかな泡の滑らかさに続き、キレのあるのどごしがたまらない。

「はぁ、美味しい」

唇についた泡を拭《ぬぐ》う。彼はまだごくごくと喉を鳴らしていた。

「うまい」

本当に美味しそうに飲んでいる。先ほど『いくらでも飲める』と言ったのは大袈裟でもなんでもなさそうだ。

突然の誘いで迷惑かもしれないと思ったが、今の姿を見ていると早く帰りたいという態度ではなく安心した。

そんなことを考えていると、ビールと一緒に運ばれてきた燻製の盛り合わせを、彼が私の前に差し出した。

「美味しそうだな。食べようか」

「はい」

私は目の前に置かれていた取り皿を彼に渡す。

「食べられないものがあったら、言ってくださいね」

「大丈夫だ。たいていのものは食べられるから心配しないで。それよりここは雰囲気もいいし、ビールもつまみもうまいね」

彼はスモークされたチーズを頬張っていた。仕事だと制服を着ていて、すごくきちんとして見えるが、今日はリラックスしているせいか歳相応に思えた。

……って、神宮司さんの歳、聞いたっけ？

「あの、神宮司さんっておいくつなんですか？」

「いくつに見える？」

あ、これ知ってる。合コンでよくやる会話だ。先週読んだばかりの漫画の一場面が

ろうか。

頭をよぎる。

「え……と、あのこういう時って、若く言うのが正解ですか？」

漫画の中で質問していたのは女性だった。男性の場合はどう答えるのが正解なのだ

ろうか。

私が聞くと神宮司さんはこらえきれないように噴き出した。

「ははは、そんな真面目《まじめ》に考えなくていいよ。ちょっと言ってみたかっただけだから」

「そ、そうだったんですか」

からかわれたのにもかかわらず、真剣に考えてしまった。

「笑ってごめん。でも一生懸命考えてるのがかわいくて」

う……そんな笑いながら、かわいいなんて言われるとすぐにドキドキしてしまう。

「すみません、慣れてなくて」

「三十二だよ。君が二十六歳だから六つ年上だな」

「そうなんですね。三十代前半だろうなとは思っていたんですよ」

「正解だね」

にこやかにビールを飲んでいる彼だったが、ふと疑問に思う。

「あれ、私の歳って言いましたか？」

今はっきりと私の歳を言っていた。自己紹介の時に年齢まで話をしただろうか。

「前に一度聞いたよ。覚えていない？」

「そうでしたっけ？」

首を傾《かし》げながら思い出そうとするが、記憶になかった。

「そうだよ。間違いない」

彼がそう言うのなら、そうなのだろう。納得したと同時に彼が話を変えた。

「ここはよく来るの？」

「実は初めてなんです。ＳＮＳで見かけてずっと来てみたいと思っていたんです」

「仕事が忙しくて無理だった？」

彼は私の残業まみれの日々を知っているから、そう考えたみたいだ。

「もちろんそれもあるんですけど。友人を誘おうにも仕事が忙しそうだし、皆休みの日は彼氏と過ごすみたいでなかなか相手にしてもらえなくて」

学生時代はあんなに毎日会っていたのに、と少し寂しく思う。けれど時間がないのはお互い様だ。私自身ももう少し時間を有効に使えるようになりたい。

「俺と来てよかったの？」

「もちろんです！　いや、もったいないくらいですよ。こちらこそちょっと強引に誘ってしまってご迷惑ではなかったかなって」

今さらだとは思うけれど、一応聞いてみる。

「嫌なら来ていないよ。俺も本田さんと食事をしたいと思ったから来た」

「よかった。じゃあ、もう一回乾杯しますか？」

「何度でも」

彼が楽しそうに笑うのを見て、ホッとした。

「じゃあ、サングリアを。神宮司さんは？」

「俺は、ビールを」

届いたグラスでもう一度乾杯をする。食事も美味しくて会話も楽しくて、どんどん気分がよくなっていく。

「サングリアのおかわりください」

「大丈夫？　そんなにお酒強くないって言ってたよね？」

彼が心配そうにこちらを覗《のぞ》き込んでくる。

しかしこの時点ですでに酔ってしまっていた。

「このくらいなら、平気ですよ。多分」

「多分って……」

相変わらず心配そうにしている彼。しかし私は彼に子どもに見られたくなくて、少し無理をする。

「しんどくなったら、すぐに言うんだぞ」

「はあい」

元気に答えた私を、神宮司さんはちょっとあきれたように見ていた。

完全に油断していた。いや楽しすぎて無理をしたというのが正解かもしれない。

数時間後——。そこには肘《ひじ》をついて愚痴を漏らす酔っ払いができあがっていた。

「本田さん、平気？」

「へいき、へいき」

呂律《ろれつ》が回っていなくて舌足らずなしゃべり方になってしまう。

「う〜ん、大丈夫そうじゃないな」

神宮司さんは苦笑いをしながら、私の手の中にあるサングリアのグラスをそっと取り上げる。

「あぁ。美味しいのに」

「今日はこのくらいにして、また今度飲みに来よう？」

代わりにスタッフにもらった水を私の手に持たせてくれた。優しい。そんな彼に酔った勢いでついつい心の内をぽろぽろ吐露してしまう。

「神宮司さんは、大人で優しいですね」

「なに、どうしたんだいきなり」

困惑した表情を浮かべた後、笑っている彼に向かって私はそのまま話し続ける。

「私なんて本当にダメダメなんです。やっと正社員になったのに、残業続きで仕事嫌だなぁなんて思ってるし、せっかくこんなに人の多い東京に出てきたのに、彼氏もできないし」

行儀が悪いのはわかっているけれど、テーブルに肘をついて自分の頭を支えながら唇を尖《とが》らせる。

「まぁ、社会人だと時間もないしね」

「そうなんですよっ！　出会いも、時間も、なんにもないっ」

神宮司さんは話を聞くのがうまいので、ついつい饒舌《じょうぜつ》になってしまう。

「恋人どころか……デートすらしてない。悲しいよぉ」

ついに私はテーブルにつっぷしてしまった。迷惑をかけているとはわかっているものの、感情の制御がうまくできない。

「私の人生ってこんなものなの……このままおばあちゃんになっちゃう」

どんどん気持ちが高ぶっていく。神宮司さんにとって面倒な存在になっていると、わかっているのに……。

「ご、ごめんなさい。なんかいつにも増して愚痴ばかりで。せっかく楽しく飲んでいたのに」

私は顔を上げて、グラスの中の水を飲む。

「本田さん」

彼がまっすぐに私を見つめている。なんだろうと首を傾げた。

「俺とデートしようか」

「はい。デートですね……って、デート？」

最初はふたつ返事をしたものの、聞き間違いかと思い、もう一度尋ねる。すると彼は力強く頷いた。

そこでふと思いいたる。きっと彼は私に同情しているのだと。

「神宮司さんのお気持ちはありがたいんですけど、いくらなんでもそこまで面倒かけるわけにはいきません」

今日だって、楽しくてお酒を飲みすぎている。またなにかやらかしてしまって、職場での癒やしの時間すらなくなるなんて悲しい。

「どうしてそんな風に考えるんだ？　俺は君といて楽しい。だからもっと一緒にいたい。シンプルな理由なんだけど」

ジッと見つめられて、心臓がドキンと跳ねた。ドキドキと信じられないくらい激しい鼓動を感じる。

イケメンの誘いは、酔っぱらった恋愛初心者の私にはかなり強烈だ。抗うことなんてできない。

「よ、よろしくお願いします」

私は勢いよく返事をしながら、手元にあったグラスを一気に呷《あお》った。

「あ、それは俺の」

ごくんと飲み込んでグラスを見る。

「あっ！」

今さら気が付いても遅い。私が飲んだのは、彼のジンライムだった。

「ごめんなさい」

失敗に続く失敗に、彼に顔向けできない。

「謝らなくてもいいけど、大丈夫？」

「はい、へいきれす」

そうは言ったものの、まったくもって平気じゃない。目の前がぐらぐら揺れていて足元はふわふわする。

「これはダメそうだな。会計してくるからここで待っていて」

彼が席を立って歩いていく。その姿を見ながら思わず笑ってしまう。

私、神宮司さんとデートできるんだ。うれしい、幸せ。

完全に酔っぱらってしまった頭では、まともにものを考えられない。私はただただ彼とデートできるということがうれしくてにやついていた。

「ふわぁ」

大きなあくびが出た。

眠いけど、ここで寝ちゃダメ。

最後の理性が自分に言い聞かせたけれど、酔っ払いの理性ほどあてにならないものはない。

私はそのままテーブルに突っ伏して、夢の世界に旅立った。


うぅ、痛たたた。

こめかみのあたりの痛みで目が覚める。

昨日は完全に飲みすぎたなぁ。お酒は好きだけど強くはないってわかっていたのに、すごく楽しくて調子にのってしまった。

時計を確認したら八時前だった。出勤日なら完全に遅刻だ。今日が休みでよかった。

ベッドから起きる気がさらさらない私は、惰眠をむさぼろうと体勢を変える。ひとり暮らしを始める時に、ベッドだけは奮発してよかった。

会社の最寄り駅から電車で三十分。そこから徒歩十分ほどの場所にある築八年の1Kのマンション。入居前にリフォームされており、オートロックもある。毎日仕事に追われる私にとっては、ひと息つける大切な場所だ。

会社の福利厚生で家賃補助があり、大変助かっている。だからこそ多少仕事がつらくても頑張れるというもの。

土日はどう過ごそうか。とりあえず起きたらお気に入りのバスボムを浮かべてゆっくりお風呂に入って、それから先週発売されたばかりの漫画を読み返そう。

その前に休日の贅沢《ぜいたく》、二度寝をしよう。

……あぁ、昨日楽しかったなぁ。

「あ、昨日‼」

一瞬にして脳が覚醒した。

そういえば、私どうやってこの部屋にたどり着いたんだろう。お店で酔って神宮司さんに絡んだ気がする。

「そうだ、神宮司さんっ！」

「おはよう、起きたのか？」

私はベッドから飛び起きて声のする方を見た。

「お、おはようございます」

とりあえず反射的に挨拶をしたものの、その場で茫然として固まって動けない。なんて迷惑をかけてしまったのだろう。

「おーい。大丈夫？　気持ち悪い？」

動かない私を心配した彼が、様子をうかがうように顔を覗き込む。

整った顔が間近に迫って、ハッと我に返った。

「だ、大丈夫です。あの、ど、どうして神宮司さんがここに？」

昨日なにがあったのか、知りたくないけれど知らなくてはいけない。

彼は少し困ったような顔をして笑いながら、昨日の話をする。

「言い訳させてもらうと、昨日君が帰らないでほしいって俺のシャツをずっと握りしめていたんだ」

ふと彼の着ているシャツを見ると、脇腹のあたりに不自然に皺《しわ》が寄っている。

「本当にすみませんでした」

思いっ切り頭を下げて謝罪する。二日酔いで頭がガンガンしているがそんなこと気にしていられない。

「そんなに謝らなくてもいいよ。それに随分飲んでいたみたいだから心配だったのもあるし」

彼の優しさがうれしい。だからって甘えっぱなしではいけない。

「昨日は楽しすぎて、ついつい調子にのってしまいました」

「楽しかった？」

「はい、すごく！」

間髪を容れずに答えた私を、彼は笑った。

「それならよかった。俺も楽しかったから」

自宅まで送ってもらって、その上部屋に引き留めてしまった。迷惑しかかけていないのに、こんな風に言ってもらえるなんて。

もちろん申し訳ないなと思っているけれど、それ以上に彼の優しさが胸にしみた。

ここにきて今さらながら手櫛《てぐし》で髪を整える。そんな私に彼は優しいまなざしを向けていた。

「で、いつにしようか？」

「え、なんのことですか？」

いきなり話を振られて、なにを指しているのかわからない。

「まさか覚えていないのか？　デートするっていう約束」

たしかそんな話をした記憶がある。

「でもあれってお酒の席の口約束ですよね？　すみません、酔ってるからって変なお願いしてしまって」

店での記憶はあいまいなところもあるが、だいたい覚えている。

「待ってくれ。俺は本気なんだけど。それに誘ったのはそもそも俺だし」

「本当に私とデートするつもりなんですか？」

「期待してるんだけど。断られたらへこむな」

わざと悲しそうなふりをする彼に、ついつい笑ってしまった。

「断ったりなんか絶対しませんから」

「ならよかった。行きたいところがあれば教えて。俺も調べておくよ」

「はい！」

これは夢なんじゃないだろうか。彼は本気で私とデートをするつもりみたいだ。今から楽しみで仕方ない。

しかし興奮してばかりではいられない。

「まずは……コーヒーでもいかがですか？」

せっかくだから、コーヒーくらいはご馳走したい。そう思ってベッドから下りる。

「きゃあ」

まだ足がふらついていて、その場に倒れ込みそうになった。しかしそれを彼が支えてくれる。

「なんだかいつも君を助けてる気がする」

「ご迷惑ばかりおかけして……」

「いや、このくらいで喜んでもらえるならいくらでも」

自分がおっちょこちょいで慌て者だという自覚はある。これからはもう少し気を付けないと。

「お礼……にもならないんですけど。一昨日《おととい》近所のコーヒーショップで挽《ひ》いてもらったばかりの豆なんです。お口に合うといいんですが」

「それは楽しみだな」

飲んだ翌日なのに、さわやかな笑みだ。思わず見とれそうになったけれどコーヒーを淹《い》れるためにキッチンに向かう。

ケトルに水を入れて沸かしている間に、コーヒーの粉を用意する。蓋《ふた》を開けると焙《ばい》煎《せん》された香ばしい匂いが鼻をくすぐる。

男の人がこの部屋にいるなんて、なんだか落ち着かないな。

キッチンからソファに座る彼を見る。スマートフォンを眺めながら小さくあくびをしたのを見てしまった。

はぁ、気の抜けた姿までカッコいいなんて、反則すぎる。

ここ最近の私が、ときめきを補充するのは小説や漫画の中だけだった。こんな風に男性の一挙手一投足にドキドキしてしまうなんて初めてだ。

コーヒーを淹れて、彼の座るソファの前にあるローテーブルに置いた。

「お待たせしました……ん？」

さっきまでスマートフォンを持っていた彼の手の中にあるのは、私の恋愛バイブルである愛読書だ。

「女の子って、こういうの読むんだな」

彼が言う〝こういうの〟は簡単に説明すると、偶然助けてもらったイケメンヒーローにヒロインが溺愛され、胸をキュンキュンさせる話だ。

「あ、いや。皆が皆読むってわけじゃないと思うんですけど」

彼の言葉に揶揄《やゆ》するような響きはなかったものの、なんとなく自分の性癖が暴かれたようで恥ずかしい。

「なるほどね」

なんだか悪い笑みを浮かべる神宮司さん。彼は私の手を引いてソファに座らせると背もたれに手をかけて、私をソファと彼の間に閉じ込めた。

「これって〝壁ドン〟ってやつと同じ？」

彼が私の顔を覗き込んでくる。

「だ、だ、だいたい……お、同じなのではないでしょうか？」

顔に熱が集まるのを感じながら、何度も頷く。緊張して言葉に詰まってしまう。

「この漫画の中だと、壁ドンとキスはセットみたいだけど」

たしかにそんなページが冒頭にあった。だからってそれを再現されてしまうと私の心臓がもちそうにない。

「そ、それは……じょ、上級者向けなので」

恥ずかしくて目をつむり、うつむくしかない。

すると耐えかねたように噴き出した神宮司さんの笑い声が聞こえる。

「ははは、ごめん。かわいくてついからかった」

神宮司さんは私の手を掴んで起こした。

「いきなりで驚いたよね。ごめん」

今度は適切な距離を保ちながら、私の様子をうかがっている。

「う……からかったんですか？」

「どうだろう。半分本気かな？」

彼の手が伸びてきて、思わず息をのんだ。

「髪、食べてる」

長く男らしい指が、私の頬にわずかに触れる。

そのまま、私の髪を優しく撫でた。距離が近くてドキドキが加速する。これ以上近付くと心臓が爆発してしまうかもしれない。

「あ‼　コーヒー冷めちゃいます。どうぞ」

「そうだね、ありがとう」

彼の視線がほのかに湯気を立てているマグカップに移ってホッとする。

を落ち着ける。
「そ、そうですか？　よかった」
まだ落ち着かない心臓をどうにか宥《なだ》めて、私も自分の分のコーヒーを飲み、気持ち
「あ、うまいね」

隣でコーヒーを飲んでいる彼を見て、ふと思い出した。

「あの、昨日このマンションの場所よくわかりましたね？」

私の記憶は店の中で途切れてしまっている。いったいどうやってここまで帰ってきたのだろうか。

「だって君がタクシーに乗った後、住所を連呼してたんだよ」

「連呼……」

「ああ。帰巣本能は備わっているようだけど、防犯意識ゼロだね」

「面目ないです」

言い訳はできない。まったく彼の言う通りだ。

「俺に背負われた君は鍵まで差し出してきた」

「背負って！　重かったですよね。本当にすみません」

恥ずかしくて穴があったら入りたいとはこのこと。しかしそんなものこの１Ｋの部

屋には存在しないので、顔を伏せて熱を持ち赤くなったであろう顔を必死になって隠した。

「そんなに恥ずかしがらなくてもいいよ。ちゃんと食事をしているのか心配になるくらい軽かったし、にこにこしている寝顔も見られた」

「う……余計に恥ずかしいデス。私、当分禁酒します」

恥の上塗りとはこのことだろうか。せめて彼の前ではちゃんとした大人の女でいたいのに。

「そうだな。今後は俺といる時以外、酒は控えた方がいいだろう。飲みたくなったら呼び出して」

情けないことだけど、でもこれで彼を食事に誘う理由ができたかもしれない。

邪《よこしま》な考えが頭の中をよぎる。

「迷惑じゃないでしょうか？」

「どうしてそうなるんだ？　デートするって話を忘れたとは言わせないぞ」

楽しそうに笑う彼。そんな素敵な笑顔を見たら、ついつい寄りかかりたくなってしまう。

「じゃあお言葉にとことん甘えますよ」

「望むところだ」

顔を見合わせて笑い合う。

これがきっと恋の始まりなのだと、私は淡いときめきを胸に抱いていた。

＊＊＊

寝ぐせの残る髪で見送る彼女を振り返る。

玄関に立つ彼女はまだ中に入らずにこちらを見ていた。すぐに俺に気付いて小さく手を振る。なんとも言えない気持ちが胸の中に広がって、彼女に手を振り返してから前を向いて歩き出した。

長らく感じていなかった、穏やかな気持ちがくすぐったい。浮ついている自覚はあるが、それと同時に罪悪感も胸に渦巻いた。

いつもの仕事となんら変わりない。そのはずなのに、余計な感情が自分の中に生まれてくる。

煩わしいと感じながらも、彼女と会うのを楽しみにしている。矛盾だらけだ。

マンションから出て、彼女のいる部屋を見上げる。もちろんそこに彼女の姿はないが、さっきまでの時間が思い出されて顔が緩んだ。

駅に向かって歩く。すると自転車が近付いてきているのに気が付いた。ほどなくして速度を落として並走を始めた。

「昨日は楽しかった？」

「用件は？」

相手の質問に答えず、早く用件を済ませろと暗に伝える。

俺の相棒という立ち位置の男だ。仕事はできるが、口数が多い。

「用件がなくちゃ会いにきちゃダメなの？」

「気持ち悪いことを言うな」

「怒らないでよ。数々の難事件を解決したジンさんが、好きな女の子にどんな顔するのか見たいだけだから――ぐふぇ」

隣でしゃべっているやつのパーカーを引っ張ると、つぶれたカエルのような声を出した。

「なんだよ、危ないじゃないか。危うく死ぬところだった」

「安心しろ。お前みたいなやつは最後まで生き残る」

俺の呆れた態度にも、まったくこたえた様子はない。

「え〜敏腕捜査官のジンさんにそんな風に言ってもらえると、うれしいなぁ。お仕事頑張っちゃおうかなぁ」

「あぁそうしてくれ。じゃあな」

「え〜ちょっと待ってよ。たまにはさ、仕事以外の話もさ」

まだなにかうるさくしているが、無視して地下鉄の階段を下った。自転車のあいつはついてこられないだろう。

敏腕捜査官……ね。いつからか周りにそう呼ばれるようになった。自分としてはただ仕事をこなしているだけだから、そんな実感はない。

周りの期待には悪い気はしない。ただ、時々自分を見失いそうになること以外は。

多くの人の行き交う駅。無意識に人の様子をうかがう。

異変はない。常に警戒を怠らない。それが俺、神宮司了介の仕事だ。

第二章 ふたりの時間

金曜日の仕事終わり。私は百貨店の売り場を行ったり来たりしていた。

今日はなんとしても定時で帰るという信念を持って仕事をしていた。周りにもそれが伝わったのか、追加で用事を頼まれることなく無事終えることができた。

いつもこのくらいの気持ちで望めば、あんなに連日残業を繰り返すこともなかったのかもしれない。

それもこれも明日は待ちに待った、神宮司さんとのデートなのだ。そのための勝負服を買いに来た。

約束をしてから二週間、私がどれほどこの日を楽しみにしていたか！

閉店まであと一時間。時間と自分の決断力との勝負だ、と試着を繰り返す。派手ではないけれどいつもとは違う印象を与えたい。でもあまり気合いを入れていると思われるのも恥ずかしい。

普段から洋服に気を遣っていれば、すぐにそれなりのコーディネートができるのだろうが、いつもは会社と自宅の往復で趣味は漫画となると、デートでどういう服を着たらいいのかわからない。

この間買ったニットはまだ暑いだろうし……。

私は結局プロにお願いしようと、あれこれショップスタッフにアドバイスを受けた。


そして翌日。

十月初旬の土曜日。天気予報は晴れ。秋晴れの心地よい一日になりそうで、まさにデート日和《びより》だ。

「え、なかなかいいのでは？」

待ち合わせ場所である自宅近くのコンビニで、ガラスに自分の姿を映して最終確認する。昨日アドバイスを受けて買った服で全身コーディネートしているのだから失敗はない……はず。

ストライプのシャツに、若草色の明るいくるぶし丈のスカート、それに歩きやすいバレエシューズを選んだ。

いつもなら絶対選ばないコーディネートだが、身に着けてみるとなかなかいい感じだ。自画自賛だと言われればそれまでだが、満足できる仕上がりだ。

目的は神宮司さんとのデートだけれど、こうやって自分に関する新しい発見があったのもうれしい。

好きな人の存在が毎日に彩りを与えてくれるなんて、今まで知らなかった。

神宮司さんとの最初の休日デートは、水族館に決まった。行きたいところはたくさんあったのだが、私が以前少しだけ話をした『コツメカワウソの赤ちゃんが生まれた』というニュースを彼が覚えていて、それを見に行こうと言ってくれたのだ。

正直ちらっと話をした内容を彼が覚えているのに驚いた。それと同時にそんな小さなことまで記憶に残してくれているのだとうれしく思う。

少し乱れた前髪を直していると、目の前に一台の車が停まった。大きな白の４ＷＤは私でも知っている国産の高級車だ。

どんな人が乗っているのだろうと思っていると、運転席から知っている顔が降りてきて驚いた。

「じ、神宮司さん」

私の声が届いたのか、彼がこちらを見て手を振っている。びっくりして少し固まっていた私は、彼の笑顔でハッと我に返った。

背が高くて体躯《たいく》のしっかりした彼にはぴったりの車だ。

すぐに彼のもとに向かうと、助手席のドアを開けた彼に中に入るように言われた。

づらい。

車高が高く、手すりを持ってステップに足をかける。身長が低い私にはちょっと乗り
「肩に掴まって」

言われるままに従う。私が力を入れても、大きな体の彼はびくともしない。

彼は私が無事に乗ったのを確認してからドアを閉めると、運転席側に颯爽《さっそう》と乗り込んだ。背の小さい私には乗り降りが大変だが、彼にとってはこのくらいの車高はなんら苦にもならないらしい。

すぐに車が発車する。彼の運転はスムーズで、その上視線がいつもよりも高くてウキウキする。

「今日は運転ありがとうございます。これ、さっきコンビニで買ってきました」

お礼にもならないが、彼がよく飲んでいるブラックコーヒーを差し出した。

「ちょうどなにか飲みたいと思っていたんだ。本田さんは気が利くな」

ちらっとこちらを見た彼がわずかに微笑む。それを見られるならコーヒーくらいはいくらでも用意する。

「休日だし、少し渋滞するかもしれないな」

「そうなんですか。私、車は運転しないので道路事情は詳しくなくて」

「移動だけなら電車の方が早い場合も多いが、今日はデートだから、目的地までドライブも楽しんで」

「は、はい」

彼の言う通り、移動だけが目的じゃない。ふたりきりの空間で音楽に耳を傾けたり、お互いのことを話したり、流れていく景色を楽しんだり。

運転するカッコいい彼を盗み見したり……っと。

「どうかした？」

こっそり見ていたつもりだったが、気付かれていたらしい。なんとかごまかそう。

「運転上手だなって。私は免許を持ってるけどペーパードライバーだから」

「褒められるとうれしいけど、そこまでじゃないよ。職場にはもっとうまい人もいるし」

「へぇ。警備員さんって車も運転するんですね」

普段ビルの中で働いている様子しか知らないので、仕事で車を使うイメージがない。

神宮司さんはそれについてはなにも言わずに、微笑んだだけで運転を続けていた。

「あ、見えた！」

そうこうしているうちに、目的地が現れる。まだ距離はあるが私の意識は完全に水族館へと移っていた。

水族館に到着すると、開場時間から一時間ほど過ぎていた。しかし週末ということもあって入口ゲートは長蛇の列だ。

「少し並ばないとダメみたいですね」

私が彼を振り返ると、得意げな笑みを浮かべる彼と目が合った。

「その必要はないかな」

彼の手にはチケットが二枚あった。

「もしかしたらと思って買っておいてよかった」

「すごい、私そんなことまで頭が回らなくて」

正直自分の格好をまともにすることだけで精いっぱいだった。

「気にしなくていい。俺も楽しみだったから。それにいつもと雰囲気が違う君を見られたので、それでもう十分だ」

「そ、そんな……」

頬に熱が集まるのを感じて、思わず目を伏せた。

些細《ささい》なことだとしても、褒められるのはやはりうれしい。昨日頑張ったかいがあったというものだ。

「いつもの仕事スタイルもきりっとしてていいけど、今日のリラックスした雰囲気もいいな」

「褒めてもなにも出ませんよ」

「そうか、残念だな」

声をあげて楽しそうに笑う彼の隣で、私もまた顔をほころばせた。

入場ゲートに並び、二次元コードをタッチしてひとりずつ中に入る。先に入った彼は振り返って私を待っていた。

彼のもとに駆け寄って一緒に歩き出す。隣を見ると彼がいる。ゆっくりと歩幅を合わせて歩いてくれているのがわかって、胸が小さく音を立てた。

水族館の展示は、世界の海や川に分かれている。おなじみの太平洋や日本海、アマゾンなど熱帯地方や北極海、深海魚のコーナーや、水槽でできたアーチを潜《くぐ》り抜けるアクアゲートなど見どころ満載だ。

入場してからも混雑が続く。人に流されて何度か神宮司さんを見失いそうになったけれど、そのたびに彼が見つけ出してくれる。

「これは迷子防止策が必要だな」

人混みの中なので、彼が私に聞こえるように少し背をかがめ耳元で話をする。

「迷子防止？」

なんのことだろうと思っていると、不意に私の左手が彼の手のひらに包まれた。

「こういうこと」

「な、なるほど」

焦って変な受け答えをしてしまった。

「嫌だったらやめるけど」

「嫌じゃないです、嫌じゃないですからやめないでください」

「……っ」

さっきまで私の顔を覗き込んでいた神宮司さんが視線を逸《そ》らした。

「あの……」

「いや、なんでもない」

そう言いながら彼は繋いだ手に力をこめる。

「問題ないならいいんですけど……」

繋いだ手が熱い。できるだけ平気なふりをしたけれど、実際に体中の神経がすべて手のひらに集まってきたかのようだ。彼が少し手に力を入れただけで、心臓が飛び跳ねる。

しっかりして……私の心臓。

甘く心地よい痛みを感じながら人混みから離れて、ふたりでゆっくり歩く。小さな魚たちが目の前を優雅に泳いでいる。

ゆっくり話をするにはちょうどいい。ここで少し言い訳をさせてほしいと思った私は口を開いた。

「もう気が付いていると思うんですけど、私これまで恋愛らしい恋愛をしたことがなくて」

二十六歳にもなって、こんなことを言うのはどうかと思うがそれでもちゃんと知っておいてもらいたい。それだけ彼と真剣に向き合いたいと思っている。

以前いい感じになった男性の中には、私の恋愛経験のなさをあからさまにバカにする人もいたからだ。

「きっと色々間違えていたり、面倒だったりすると思うんです。だからそういう時はちゃんと指摘してほしいなって」

面倒くさい話をしている自覚はある。でも彼はその面倒な話を嫌がらずに聞いてくれる。

「言いたいことはわかった。ただ男女のやり取りに間違いなんてあるのかな？　お互いに歩み寄れば済むだけの話だと思うけど」

彼は目の前に広がる水槽を眺めている。

「俺は、君の行動を間違っているとか面倒だとか感じたことはない。だから俺といる時はそういうことは気にしないで、ありのままの君でいてほしい。俺もきっとその方が楽しいから」

彼は歩み寄ればいいと言ってくれた。しかしそうまでして私と一緒にいたいと思ってくれる人はいなかったのだ。

神宮司さんは他の人と違う。

私は胸の奥がそわそわすると同時に温かくなるのを感じた。

「俺たちは俺たちのペースでいいんじゃないかな」

「はい」

「でも俺は残念ながら、気の長い方じゃない。待てなくなることもあるって覚悟はしておいてほしい」

「か、覚悟ですか？　あのいや……その」

どう返事をしたらいいのかわからずに、オロオロしてしまう。

彼は口元にこぶしを持っていって、笑いをこらえているようだ。

「からかわないでください」

「ごめん。でもさっき言ったのは本気だから」

彼が私の手をゆっくりと引いて歩き出す。彼ならこの歩幅のように私に合わせて歩んでくれる。彼の隣は安心できる。

その後はイルカショーでふたりとも水しぶきの洗礼を受けて、お目当てのコツメカワウソの赤ちゃんを見るために移動する。

「かわいい～」

展示時間が限られているらしく、人だかりでいっぱいだったが、なんとかかわいらしい姿を見ることができた。

次の人に場所を譲ろうと振り返ると、タイミング悪く数人に押されてしまう。

「あっ」

倒れそうになったところでよろけた体を支えてくれたのは、神宮司さんの男らしい腕だ。

「こっちに」

彼に肩を抱かれて、脇に逸れる。

「ありがとうございます。危なかったです」

背が低い私は人込みで埋もれがちだ。通勤時の満員電車で慣れてはいるものの、こういう危ない場面もある。

「どこもケガしてない？」

「はい。なんだかいつもこんなことばかりで」

彼には助けてもらってばかりだ。

「そんなこと気にしなくていいのに。ほら俺、ガタイだけは立派だから」

そう言って彼は肩を竦めて笑っているけれど、今日一日ずっと周囲から私を守ってくれている。私の手を引いて、なるべく人の少ない場所にすっと私を誘導している。

「まるでボディガードみたいですね。仕事柄、周囲をよく見てるんですか？」

「あぁ、まあ……そんなところだな」

なんとなく歯切れの悪い返事をされたが、彼はすぐに「ちょっと休憩しないか？」と少し先に併設されているカフェを指さした。

「いいですね。行きましょう」

ちょうど喉が渇いていた。彼を引っ張るようにして歩く私に彼は笑みを浮かべてついてきている。

海の色をしたソーダを注文して、カウンターに並んで座った。ちょうど目の前にも水槽があって、魚たちを見ながら休憩できた。

「はぁ、美味しい」

それまではしゃぎすぎていたようで、シュワシュワと弾ける刺激と爽快感がたまらない。

「氷がお魚の形になってる、それにこの赤いゼリーはヒトデですかね？」

あまりにもかわいくて、思わず声をあげると彼はクスクスと笑っていた。

「本当になんでも喜ぶから一緒にいるこっちも楽しいよ」

テーブルに肘をついた彼が、優しいまなざしを向けてくる。気恥ずかしくて目を逸らす。

「皆こんなものだと思うんですけど」

まともに彼の方を見られずに、ソーダを飲む。すると彼がスマートフォンを取り出した。

「ごめん、少しいいかな？」

「はい、どうぞ」

スツールから立ち上がると「もしもし」と彼が電話に応答して、そのまま少し距離を取った。

彼が席を離れてわずかにホッとした。もちろん一緒にいるのは楽しいけれど、それだけでなく緊張もするからだ。

今のうちに少しお化粧でも直しておこうかな。

私は電話中の神宮司さんに身振り手振りで伝える。難しい顔をしていた彼だったが、私に気が付くと笑みを浮かべ頷いた。

予想よりもお手洗いが混雑していて戻るのが遅くなってしまった。早足で座席に戻ると神宮司さんがスマートフォンを眺めながら待っていてくれた。

「お待たせしました」

「いや、そうでもないよ」

「時間がもったいないので、行きましょう！」

私が歩き出そうとすると、彼に腕を掴まれる。

「どうかしましたか？」

振り向くとにゅっとなにかが顔の前に現れる。思わずのけ反る私の視界を占拠したのはコツメカワウソのドアップだ。

「ぬいぐるみ？」

「あぁ。さっき名残《なごり》惜しそうにしていたから、そこで買った。君へのプレゼントだ」

「わぁ！　本当にうれしい」

受け取った私は、そのふわふわのぬいぐるみを抱きしめる。

「喜んでもらえてよかった。これくらいの大きさなら会社のデスクに置いていても問題ない？」

大きさはペン立てとそう変わらない。このくらいなら他の人も私物を置いているから平気だろう。

「はい。多分」

うちの会社のデスクの管理は個人に任されている。家族の写真を飾っている人もいるし、推しのアクリルスタンドを並べている人もいる。

「いや、仕事大変そうだから、こういうの眺めるだけでも少しはストレス軽減になるかなって」

「そんなことまで気にしてもらって、うれしいです」

最近は神宮司さん会いたさに残業が少し減ったが、それでもかなりの時間を仕事に費やしている。しかも上司は相変わらずなので、ストレスがなくなったわけではない。

「そんな大袈裟だな」

「全然、私のためを思ってしてくれたことがうれしいんです」

うきうきした気持ちで彼を見ると、なんとなく浮かない顔をしている。

「どうかしましたか?」

「いや、そこまで喜んでもらえるならもっといいものの方がいいかなって。それに大人の女性にぬいぐるみなんて」

彼が私が持っているぬいぐるみに手を伸ばす。

「いいえ、私はこれがいいです」

さっと避《よ》けて彼の手から逃れ、ギュッと抱きしめる。

「神宮司さんが選んでくれた、これがいいんです」

はっきり言うと彼は、やっぱり申し訳なさそうな顔をした後、あきらめたように笑った。

「君がそう言うならいいけど。今度もっといいものをプレゼントするよ」

彼はまだ納得していないようだ。

「もう、いいって言っているのに」

なんでそこまで言うのだろうかと不思議になったけれど、ラッコの餌《えさ》やりが見学できるというアナウンスが流れて、私は彼の手を引いてラッコが展示されているエリアに向かった。

ひと通り水族館を回り終えた後、近くのカフェで遅めのランチを楽しんだ。その後まだ帰る時間には早いからと、海沿いの遊歩道を歩く。

彼と繋いでいる左手は、いつのまにか指を絡めてしっかり握られていたし、まるでそうすることが当たり前のようになっている。

くすぐったいドキドキが一日中続く。

「風が気持ちいいですね」

心地よい風が、頬をくすぐる。

「今が一番いい季節だな」

彼は少し眩しそうに水平線を眺めている。その精悍《せいかん》さに思わず目を奪われる。

こんな素敵な人と一日過ごせるなんて。

今日長い時間一緒にいて、ますます彼に心惹かれた。きっとこのまま一緒にいればどんどん好きになっていくに違いない。

「本田さんは素直だよね」

不意に彼は私の方を見ながら言った。

「そ、そうですか？　あまり自分ではそう思わないけど。あ……でも思っていることが顔に出やすい……かも」

思いあたるふしはある。仕事中は気を付けているけれど、プライベートだとどうだろうか。それって、私の気持ちのあれこれが神宮司さんにばれてしまっているということになるのかな。

途端に恥ずかしくなってしまう。

「あ、今恥ずかしがってる」

「な、なんで。そんな」

彼に覗き込まれて、顔が赤くなったのは鏡を見なくてもわかる。

「そういうところ、安心する」

やっと彼が視線をはずしてくれてホッとする。

「安心って……なにかあったんですか？」

なんとなく含みのある言い方だったので、気になって尋ねる。

「そんなに大袈裟なことじゃない。でも大人になったら皆、多少なりとも嘘をつくだろう？」

「まぁ、それは」

私だって普通の人間だから、時には嘘をつくことだってあるし、ごまかすことだってある。

「まあ俺もそうだし」

「嘘、ついているんですか？」

ただの雑談だってわかっている。でもなぜだか言いようのない不安を感じる。

「さぁ、どうだろうね。どう思う？」

彼が私をジッと見つめる。その目になにか答えがないか探す。

「時間切れ。まぁ、俺は聖人君子じゃないから嘘もつくってこと。でも君を大切だと思っているのは本当だよ」

にっこりと笑う顔はいつもの彼と変わらず、ホッとした。

私だって嘘をつくこともある。むしろついたことがない人の方が珍しいのではないだろうか。

それよりも彼の言った『大切だと思っている』という言葉に私の心が反応している。

それってどういう意味？

聞いてしまえばいい。しかし私にはそんな勇気はない。だから想像するしかないのだけれど、都合のいいことばかり考えてしまいそうだ。

「さて、そろそろ行こうか」

「はい」

考え込む前に彼に声をかけられてよかった。きっと答えは出ないから。

変わらず繋がれている手。

けれど私はなんだか不安になってしまい、思わずギュッと握った。

「ん、どうかした？」

彼はすぐに気が付いて、私に尋ねてくれる。そんな彼に対して不安に思うなんて贅沢すぎる。

「ううん、なんでもないです」

「そうか」

ゆっくりと歩き出す。

彼がなにを言いたかったのかわからないけれど、相手のことが全部わかる恋愛なんてきっとないだろう。

でも今、彼に感じているこの好意は間違いなく本物。

だからそれでいい。今はそれでいい。


翌週。

　私は相変わらず慌ただしいオフィスで、朝からバタバタと働いていた。

　十人弱のチームごとにデスクが並べられていて、それがいくつもある。初めてこの会社に派遣された時、ワンフロアでこんなにたくさんの人が働いているのかと驚いた。

　このビル全体ではいったい何人働いているんだろう。

　山のような書類にメール、次々に入るチャット。その上今日は上司の飯田課長から何度も呼ばれて時間を取られている。

　午後からのお使いも頼まれて、すでに午前中で一日の元気をすべて使い切ってしまいそうだ。いつものこととはいえ、疲労感が半端ない。

　私はデスクに置いてあるコツメカワウソのぬいぐるみをひと撫でして、思わずにっこりしてしまう。神宮司さんがくれたぬいぐるみは効果てきめんで、仕事中に疲れた私を癒やしてくれる。

　それだけでも随分気持ちは楽なのだけれど、今日はお昼を神宮司さんと一緒に食べる約束をしているのだ。

　時計を確認すると間もなく十一時。あと一時間で彼に会える。それだけで仕事を進める速さがいつもの倍になるような気がした。少しでも長い時間彼に会うためには、午前の仕事をできるだけ早く終わらせないといけないからだ。

「本田さん、ちょっとこっちに」

張り切って仕事をしている私の手を中断させたのは、またもや飯田課長の声だ。

「……はい」

今日何度目なの……。忙しいと断りたい気持ちを抑えて、彼のもとに出向く。

「これ、午後からでいいから先方に届けて」

「はい。あの……こちらの会社はメールでのやり取りではダメなんですか？」

他の取引先はセキュリティをしっかり施したうえで、データで書類をやり取りしている。それを知っているはずなのに、飯田課長は数社こうやってＵＳＢで管理している。管理職なのでおそらく別途届出をして許可を得ているはずだが、正直内容を見ると別管理が必要なデータでもない。

今回のデータの中身はわからないが、普段書類の作成を私がしている時点で、一般社員が見ても差し支えのないものだろう。

紛失などのリスクを考えると、決していい運用の仕方だとは思えない。届けるまで管理する私は毎回神経をすり減らしている。

「なんだ、一人前に文句が言える立場なのか？」

「あ……いえ」

不機嫌に睨《にら》まれると、それ以上はなにも言えない。彼は上司で私は部下なのだから、指示に従うのは当然だ。

「黙って仕事してりゃいいんだよ」

「はい。失礼します」

USBをポケットに入れてから、ぐっと拳を握り気持ちを落ち着ける。このくらいいつものことだ。あまりにもひどくなるようならば、部長に相談すればいい。

やっと見つけた正社員の仕事だ。少し我慢するくらいはなんでもない。人事異動の希望が通ることを祈って私はデスクに戻った。

「はぁ」

思わずため息が出てしまい、周囲を見回す。幸い席を外していたり、電話中だったり、誰にも聞かれていないようでホッとした。

私の方をジッと見つめるコツメカワウソ。

「さて、頑張ろう」

あと少しで神宮司さんに会える。そう思うと、難しい仕事も面倒な上司もどうとでもなると感じた。

そして待ちに待った昼休み。私は近くの公園に足早に向かう。

オフィス街の真ん中にある公園は、気候のいい今頃の季節になると昼休みにベンチでお弁当を広げている人も多い。

私が待ち合わせをしているベンチに向かうと、すでに彼は座って待っていた。彼の手には近くのコーヒーショップの紙袋がある。

シフトの関係で彼は今日午後からの勤務だ。私服のラフな格好の彼が穏やかな秋の日差しに照らされていた。

私が近付くと彼はすぐにこちらに気が付いて、手を振ってくれる。私は手を振り返しながら小走りで彼のもとに急いだ。

「急がなくてもいいのに」

「でも、あんまり時間がないから」

昼休憩は一時間しかないので、少しも無駄にしたくない。

「座って。これ、今日サンドイッチ作ってくれるって言ってたから買ってきた」

彼が差し出した紙袋を覗くと、コーヒーとオレンジジュースが入っていた。

「ありがとうございます！　うれしい」

「どういたしまして。それより早く食べたい。かなり楽しみにしてきたんだけど」

「そんなに期待されると、緊張しちゃいます」

料理は好きだが、それほど得意なわけじゃない。だから今日もお弁当を作ると言い出したはいいものの、失敗の少ないサンドイッチを選んだ。

それでも朝はいつもより二時間も早く起きたけど。

持ってきた袋を彼に渡す。すると彼は待ってましたと言わんばかりに、すぐに中身を取り出した。

「すごい、うまそう」

喜んでいる彼を見ると、私もうれしくなる。それと同時に食べた後どんな反応をするのか気になってしまう。

「じゃあいただきます」

彼はまずはサンドイッチに手を伸ばした。

今日のメニューは卵サンド、ハムサンド、サーモンとクリームチーズサンド。それにカツサンドとかなりボリュームを持たせた。あとサンドイッチだけだと寂しいので、唐揚げと人参のマリネ、それと定番の卵焼きを詰めた。

「ん、うまい！」

彼が驚いたように目を見開いた。大袈裟だとは思うけれど、素直にうれしい。

「よかった。口に合うか心配だったんです。神宮司さん飲み物どちらにしますか?」

「本田さんが好きな方を飲めばいいよ。俺は残った方で」

「じゃあ、オレンジジュースいただきます」

私は紙袋からコーヒーを取り出すと彼に手渡した。

「ありがとう。本当にすごくうまいよ」

「そんなにお礼を言わないでください。だって出かけるといつも神宮司さんが払ってくれているから。そのお礼です」

最初に食事にいった時は私が酔っ払い、水族館デートの時はチケットも食事も全部彼が支払ってくれていた。その上お土産のコツメカワウソまでもらっている。

「別にそれくらいいいのに。俺も楽しんでいるんだから」

彼はふたつ目のサンドイッチに手を伸ばした。

「そういうわけにはいかないです」

私も自分の分のサンドイッチを手に取り、食べ始める。

他愛のない話をしながら、青空の下で彼と食べるランチはすごく特別だ。

「あれ、これちゃんと味見した?」

「え?」

彼がフォークにさした唐揚げを食べた後、そう言った。そういえばいつもと同じ分量だから失敗しないと思って味見してなかったかも。

「どうしよう、美味しくないなら残してください」

口直しをしてもらおうと、彼の飲みかけのコーヒーを手渡す。

「いいや、めちゃくちゃうまいよ」

いたずらっこのような表情を浮かべる彼。私をからかったのだ。

「もう！　意地悪言うならもう作りませんっ」

彼を握りこぶしで叩くふりをすると、彼は「ごめんごめん」と笑って避けるふりをして私の手を掴んだ。

「君の手料理をもう食べられないのは困るな。こんなに美味しいのに」

「本当ですか？」

「あぁ。それになにより俺のために作ってくれたっていう気持ちがうれしいんだ」

突然距離が近くなってドキッとする。

「怒った？」

彼は私の手を掴んだまま、顔を覗き込んでくる。

「お、怒ってないですけど」

怒ってはいないけれど、心臓はドキドキしている。

「本当に？」

「ほ、本当に！」

顔が近い。息遣いまで聞こえてきそうな距離だ。

「ん？」

え、なんでまだ近付いてくるの？

これ以上近付くのは、ダメだ。心臓がもたない。それなのに彼は気にした様子もなくまだ距離を縮めようとしてくる。耐えきれなくて目をつむり、声をあげた。

「じ、神宮司さん？」

「いいから、ジッとして」

いや、よくない。どうしよう！

もう本当に無理、と思った時。私の頬になにかが触れた。ハッとして目を開く。

「これ。ついてた」

彼が目の前に人差し指を持ってきた。その先にあるのは……。

「まつ毛？」

「そう。さっきからなにがついているんだろうって、気になってたんだ」

「そ、そうですか」

ニコッと笑う彼に、おそらく他意はないに違いない。そう、勝手にドキドキした私がいけないのだ。

「なんだか不満げだね？」

「なに言ってるんですか？　別に不満なんてないですから」

「もしかして、なにか期待してた？」

「なにも！　全然！　なにも！」

突っ込まれると過剰に反応してしまう。

「はははっ、ごめん。意地悪した」

声をあげて笑う神宮司さんは、すごく楽しそうだ。

「本当に慣れてないので、からかわないでください」

「悪いとは思ってるんだけど。ついつい反応がかわいくて。もうしない」

「絶対ですか？」

「多分？」

私が半眼で睨むと、それすら楽しそうに笑った。

あまりにも彼が楽しそうなので、拗《す》ねていた私も思わずつられてしまう。

「葵が本当に嫌がることはしない」

彼はコーヒーを飲みながら視線をこちらに向けた。

「今、葵って」

聞き間違いじゃなければ、彼が私の名前を呼んだ。さらっと。

「嫌だった？」

私は思い切り左右に頭を振った。

「よかった。ずっと呼びたいなって、呼んだらどんな顔するだろうって思ってた」

「どんな顔してましたか？」

いったい彼に自分がどんな風に映っていたのだろうか。

「びっくりした後、顔が赤くなった」

「う……感情がそのまま顔に出てる」

両手で頬を押さえてこれ以上見られないようにする。

「俺のことも名前で呼んでもらってもいいけど」

「そ、それはちょっとハードルが高い……です」

今は名前を呼ばれたことを消化するだけで精いっぱいだ。ただ名前を呼ばれただけなのに、彼に呼ばれると特別な響きになる。

それは……きっと、私が彼のことを好きだからだ。

「そっか、それよりさ。葵、時間大丈夫？」

彼に言われて腕時計を確認する。昼休憩が終わるまであと八分しかない。

「大丈夫じゃないです！ 急がなきゃ」

私は慌ててお弁当箱を片付けた。

「あの、じゃあ、また」

「うん、ご馳走さま」

最後まで聞き終わらない状態で歩き出した。

「あ、ちょっと待って。これ忘れてる」

振り向いて確認すると、彼の手にＵＳＢがある。それは先ほど飯田課長から預かったものだ。スーツのポケットに入れていたのを落としたらしい。

「あ！」

「大切なものだろう？」

「はい。失くしたら始末書どころではなかったです。ありがとうございます」

一瞬で嫌な汗をかいた。これだからデータはサーバーで管理したいのに。

とはいえ、あのとき咄嗟にポケットに入れたのはよくなかった。気を引きしめて、次は落とさないようにスーツの内ポケットにＵＳＢをしまう。

「あんまり焦ってると危ないから、気を付けて」

「はい。後でまた連絡します」

本当はもっとちゃんとお礼をしたいけど、今は時間がない。

私は踵を返すと走り出した。しかし焦っていたせいか、危うく誰かにぶつかりそうになった。

「あっ……ごめんなさい」

「いいえ」

すぐに謝ったけれど、相手は急いでいたのかそのままその場を立ち去る。

「今の人、見覚えがある気がするんだけど……」

振り返ってみたけれど誰だか思い出せない。

気のせいかな。

昼休みが終わるまであと五分。会社までの道のりを全速力で走った。

＊＊＊

「はいはい、おつかれさまぁ」

うるさいくらい陽気な男が、彼女と入れ替わりにやってきた。

「凪河《なぎかわ》、お前は相変わらず、緊張感のかけらもないな」

さっきまで彼女が座っていた場所に、断りもなく座る男に呆れながら声をかけた。

「そういうキャラで、やらせてもらってますので」

反省する様子はなく、へらへらしている。それでいて俺の周りにいる誰よりも仕事ができるのだから、不思議なものだ。

ジッと見ていると「なに？」と言われた。この他人を警戒させない雰囲気がこいつの最大の武器なのかもしれないな。

はぁとため息をつき、髪をかき上げながら空を仰ぐ。

「いやになるくらい、いい天気だな」

「え〜なにいきなり。センチメンタル？」

覗き込んできたその顔がなんだかムカついて、片手で頬を挟みぐいっと押しやる。

タコみたいな顔の凪河を見て幾分すっきりした。

手を離しても、凪河はまだ唇をとがらせていた。

「暴力反対。僕にそんなことしていいと思ってるの？」

ボディバッグからラップトップパソコンを出してみせる。

「さっきのＵＳＢのデータは？」

「もちろん、さくっといただいた。でもざっと見たところ別におかしな箇所はないな。まぁ詳しく調べないとわからないけど」

数字の羅列を目で追う凪河は「無駄骨〜」と言いながら、さして残念そうにもしていない。

「まぁ、俺たちの仕事は結局そういうことの積み重ねだからな」

「地味だよね」

何事も最初からうまくいくはずなどない。なにかがあるかもしれない、ないかもしれない。それを徹底的に〝ない〟と確信を持てるまで調べるのが俺たちの仕事だ。

「あぁ、いいなぁ。僕も葵ちゃんとデートしたい」

足をばたつかせる凪河を白い目で見る。

「そんなに単純な話じゃないだろ」

「どうしてさ、仕事でかわいい子とデートできるなんて羨ましい限りだよ」

凪河の言葉に複雑な思いが胸の中に渦巻く。

「ジンさん。わかってるだろうけどこれは仕事だからね」

「あぁ。偉そうに言うなよ」

俺は立ち上がるとちらっと凪河の様子をうかがう。まるでからかうような視線にイラッとした。

今はこれ以上話をすることはない。

俺はゆっくりと〝仕事〟をするために歩き出した。頭の中に彼女のことを思い浮かべながら。


彼女――葵との出会いは偶然なんかじゃない。あの時間まで残業しているのを確認してわざとぶつかった。コーヒーを手に持っていたことは計算外だったが、おかげで初日から彼女と会話を交わすことができた。

ターゲットである飯田の部下。彼女が面倒な仕事を一手に引き受けているのは調べがついている。

話をしていると、彼女自身は飯田をよくは思っていないようだが、わざとそういう素振りを見せている可能性がある。

俺は彼女に近付き、どういう人物なのか探りを入れることにした。

そこまではいつもと変わらない。よくあることだ。

週に二度ほど彼女の残業中に会い、他愛のない話を繰り返した。

仕事と自宅の往復だと言った彼女が、誰か話し相手が欲しいのは伝わってきた。派遣社員から正社員になった彼女には同期や相談のできる同僚がいないようだ。

だからこそ会って間もない警備員に心を開いたのだろう。

これだけ聞けば警戒心のない人物に思われるかもしれないが、彼女はちゃんと線引きをしていた。仕事に対する責任感や倫理観はきちんと持っている。

重要事項は漏らさないものの、細かい情報を手に入れることができる。

まだ確定ではないが、おそらく彼女は今回のターゲットの仲間ではない。そう思った時にどこかホッとした。

そんな自分の感情に驚いた。彼女がどんな立場だったとしても俺は仕事をこなすだけだ。

気持ちを切り替えた。

どう転んでも重要な人物であるのはたしかだ。だから継続的に彼女からの情報を引き出したい。

そんな風に思っていたのに。

バルでふたりで飲み、タクシーを降りた後、すっかり眠ってしまっている彼女を背負う。住所はとっくに調べがついているので迷うことはない。ここまでする必要があるのかと聞かれると答えに困る。ただ放っておけるほど割り切ることもできない。

彼女に対しての後ろめたい気持ちが、こうやって家まで彼女を送り届けさせた。

『鍵は？』

尋ねるとバッグの中を指さした。そのくらいの反応はできるらしい。

申し訳ない気持ちになりながら鍵を探す。これまでやってきたことはすっかり棚に上げてだ。

『おじゃまします』

背中で眠っている彼女のパンプスを脱がし、部屋の中に進む。爽やかさの中にほんのり香る甘い匂い。不可抗力とはいえ女性の部屋に許可なく入ることに抵抗を感じる。

これが〝仕事〟なら、なにも感じないのにな。

厳密に言えばこれも仕事の一環だ。しかしそう割り切れない自分の気持ちを最近持て余していた。

彼女をベッドに寝かせてすぐに帰るつもりだった。しかし予想外だったのが、彼女が俺の服を掴んで離さない。

酔っぱらって寝ているはずなのに、どこにそんな力があるのだろうか。

呆れると同時に笑ってしまった。それくらいあどけない寝顔を見せているからだ。

ふと彼女のバッグに目が留まる。少し見えづらいところが汚れていた。

これはきっとマウンテンバイクと衝突しそうになった時についたものだろう。

彼女にケガはなかったが、あれはやりすぎだった。凪河には後で注意をしておかなくてはいけない。

夕方彼女にケガをさせそうになったのは、俺の協力者である凪河だ。今日のようにターゲットや関係者に接触して相手の情報を引き出すのがうまい。

おそらく今回は彼女のスマートフォンのパスワードを確認したはずだ。あいつの目と記憶力のよさは並の人間のものではない。

だからといって、もう少しうまいやり方があったのではないだろうか。彼女のバッグについた泥を拭いながらそう思った。

巻き込んでいる自覚はある。だがこれが俺の仕事だ。

かなり飲んでいたけれど、今は呼吸も安定してとても気持ちよさそうに眠っている。幸せそうな寝顔に思わず笑みをこぼした。

そんな自分の行動に危機感を覚える。仕事だと割り切らなくてはいけないのに日を追うごとにそれが難しくなっている。

『まいったな』

彼女の寝息が聞こえる静かな部屋に、自分の声がポツリと落ちた。

なにもかも計画通りに進んでいた。その日もミッションの一環として彼女と水族館に向かった。

薄暗い中、わずかな明かりに照らされた彼女の顔をまじまじと見つめる。興味深そうに水槽の中を泳ぐ魚たちを見る彼女は心から今を楽しんでいた。

『神宮司さん、クマノミって夫婦で子育てするみたいですよ。夫婦仲がいいなんて素敵ですね』

新しい発見があったのか、無邪気に俺に教えてくれる。

『どこにいる？』

『ほら、あそこ』

ふたりで覗き込んだ先には、クマノミがイソギンチャクの周りを泳いでいた。

『映画で有名になりましたよね。ほら、お父さんが息子を捜すお話』

『あったな』

きっと彼女も同じ映画を思い出しているのだろう。見つめ合って笑う。

自分は作り笑いがうまい方だと思う。というよりも、心の中を悟られないようにしている。

しかし彼女と一緒にいる時は、無意識に笑みがこぼれた。仕事中にいつもつけている仮面がいとも簡単にはずれてしまう。

隣にいる彼女を思わずジッと見つめる。

彼女にどうしようもなく惹かれているのは間違いない。

人を疑ってばかりの毎日の中、真面目で素直で責任感がある彼女といると心から安心できた。

まっすぐなのだ。心配なくらい裏表がない。もちろん人間なので愚痴のひとつくらいは吐く。しかしそれも決して一定のラインは超えない。

自己犠牲も時には厭《いと》わない。

本田葵は善良な人間だ。

偽りだらけの俺が見るには眩《まぶ》しい。

『どうかしましたか？』

『いいや、ほら次に行こう』

俺は彼女の小さくて温かな手を取って歩き出した。

水族館を出て彼女を送り、自宅に戻る。駐車場に車を停めるとほぼ同時にスマートフォンが鳴る。相手は凪河だ。

どこかで見張られているのかと思うほどのタイミングのよさだ。

《はいはい、おつかれ～。いや全然疲れてないでしょ？　むしろリフレッシュ？》

相手の言いたことわかった。彼女との一日を、仕事とは割り切れずにいたことに対しての嫌みに違いない。

『聞いていたのか？』

《まぁテストだよね。ちゃんと会話が聞けるかどうか。いやぁ、新しい小型カメラ万能だわぁ》

遠回しに俺をとがめる言葉。まぁ言われても仕方がないと思い、甘んじて受ける。

『問題がないなら、わざわざ報告してこなくていい』

そう言い放ち、電話を切ろうとした。しかし凪河はそれを許さない。

《報告じゃなくて、警告ね。あの子に肩入れしすぎじゃない？》

俺はなにも言わずに耳を傾けた。

《カメラの入ったコツメカワウソ、渡すのためらったよね。あれはどうして？　今更良心の呵責《かしゃく》？》
『どうだっていいだろう』
図星を指されてそう答えるしかない。
《どうだっていいわけないだろ。ひとりの気の緩みが全員を危険にさらす。いつもあんたが言っていることだ》
『わかってる』
めずらしく口調が荒い。それだけ今の俺が〝俺らしくない〟のだろう。
《わかってるなら、仕事と割り切るか、さもなくばこちらに引き入れるか》
『それはできない。彼女を危険にさらすわけにはいかない』
はっきりと即座に答える。
《ならどうすればいいか、わかってるだろう》
そうだ言われなくてもわかっている。十分に理解している。ずっとそうやって生きてきたのだから。
なにも答えない俺に凪河がため息をついた。
《あんたも人の子なんだな》

そうひと言だけ言い残して、電話を切った。

『はぁ』

車のハンドルに額をつけると自然とため息が漏れた。

凪河の言うことはひとつも間違っていない。だからこそ自分の不甲斐なさに嫌気がさすのだ。

迷いは失敗の第一歩だ。

これまでそうやってきた。今よりもずっと難しい仕事をこなしてきた。

それなのに……。

プレゼントしたカメラ入りのコツメカワウソのぬいぐるみをうれしそうに抱いている彼女の姿が脳裏に浮かんでくる。

行き場のない胸の痛み。

俺は耐えきれずに、こぶしをハンドルにたたきつけた。

青空の下。彼女の手作りのサンドイッチを食べる。俺の反応を待つ彼女。その姿をかわいいと思ってしまっている。

無防備な彼女の顔を覗き込む。その視線を向けられる資格が果たして俺にあるのだろうか。

彼女が見ているのは、あくまで帝英警備保障の神宮司了介であり、俺ではない。わ。

かっているのに胸が痛むのは、彼女に寄せる気持ちが抑えられなくなっているからだろう
『じ、神宮司さん？』

戸惑う彼女の様子に、このままどうにかしてしまいたい衝動に駆られる。

『いいから、ジッとして』

この時間が惜しい。永遠に続くわけないとわかっているけれど。それを求めたらいけない立場に俺はいる。

十分理解はしている。だけど手を伸ばしてしまう。こんな気持ちは初めてだ。

このまま抱きしめてキスしたらどうなる？

ふと頭をよぎる。

そんな俺を冷静になれよと止めたのは、視界の端に入った凪河の存在だった。

瞬時に俺は神宮司了介になる。

中途半端が一番危険だ。すっと気持ちを冷ました。

大切なら、巻き込むべきではない。

結論は最初から出ている。
彼女が大切なら、冷静になれ。
自分にそう言い聞かせた。

第三章　疑惑の足音

ぽつぽつと硝子《ガラス》に雨粒が落ちる。朝から降ったりやんだりの天気だ。

仕事を終えた私は、神宮司さんとの待ち合わせの時間までカフェで過ごすことにした。目の前に、ほわほわと湯気の立つコーヒーが置かれている。ひと口飲んでほっと息を吐いた。

あの日からもう二週間も経つのか。会社で少し話すけれど、こうやってプライベートで会うようになったら短い時間だけではもの足りなくなっていた。

どんどん欲張りになっていく、自分が怖い。

しかし今日は散々だったなぁ。

午前中は順調に仕事が進んでいた。仕事終わりに彼と会う約束をしていたのでなんとしても残業を避けたかった。だからいつもの数倍の速さで仕事を進めていた。

そんな時だ。飯田課長に呼ばれたのは。

『本田さん、すぐに来て』

『はい』

声色《こわいろ》からあまりいい話ではないということはすぐにわかった。そもそも飯田課長からの呼び出しでいい話だったことはないのだけれど。

仕事を中断し、画面をログオフしてから飯田課長のところに向かう。

『この間頼んだUSB、ちゃんと先方に届けたのか？』

それは神宮司さんにお弁当を作り、一緒に食べた日に預かったものだ。その日の午後にちゃんと先方のもとまで出向き、担当者に手渡した。

『もちろん渡しました。受領書もきちんともらっています。サーバーを確認してください』

行き違いがあっては困るので、受領書に担当者のサインをもらっている。

『先方からは必要なデータがなかったと言われた』

『そんな！　私はたしかに渡しました。そもそも私はパスワードを知りません』

パスワードは飯田課長自身が先方に連絡する手はずになっている。だから私がデータを閲覧したり、ましてや改ざんしたり消去したりはできない。

ある程度の理不尽には耐えられる。しかし今回は明らかに自分のミスではない。いつもは言い返さない私がきっぱりと否定したので、飯田課長は不機嫌そうに『もういい、席に戻れ』とだけ言った。

謝罪もないなんて。いくら部下でも間違っていたのなら謝ってほしい。

思い出しただけでもため息が出る。

いつもなら思い切り引きずってしまいそうだが、今日はこれから神宮司さんと映画の予定だ。

きっと楽しい気持ちで一日を終えられるに違いない。

スマートフォンで時間を確認する。約束の時間まではまだ四十分ほどある。時間がきたら待ち合わせの駅まで移動するつもりだった。

SNSを見る気にもならず、窓の外をぼーっと眺めていた。行き交う人々はもう傘をさしていない。ちょうどやんだのかもしれない。

そんなことを考えていると、視界の隅にある電話ボックスに人が入っていくのが見えた。

今時めずらしい。あまり使用している人を見たことがない。だから気になって眺めているとその顔に見覚えがあった。

神宮司さん?

どうしたんだろう。スマートフォンを忘れてきたのだろうか。充電切れかもしれない。ここから表情までは確認できないが、わざわざ公衆電話を使ってまで連絡しなくてはいけない用事なのだろう。邪魔してはいけないと座ったまま待つ。

しばらくそうしていると、彼が電話ボックスから出てきた。

「あっ」

店の中から一生懸命手を振ったけれど、彼はすぐに駅の方へと走っていった。

「電話……って、かけても出ないよね」

私は支払いを済ませると、待ち合わせ場所に急いだ。

「神宮司……さん」

少し離れた場所から、彼に声をかけようとした。しかし彼の手元を見て足が止まる。

「持ってるじゃない、スマホ」

彼は壁にもたれてスマートフォンの画面を見ていた。その様子から充電が切れている様子はない。

じゃあなんで、さっきは電話ボックスにいたんだろう。

首を傾げながら彼に近付く。すると彼の方が私に気が付いて手を振った。

いつもと変わらない笑顔。私は彼に駆け寄るとさっきの疑問を彼にぶつけた。

「さっき、公衆電話を使っていませんでしたか？」

「え、ああ」

驚いた顔をした神宮司さんが珍しくて、種明かしをする。

「実は早く来すぎて、あそこのカフェで時間つぶしていたんです」

「そうだったんだ。なんでわかったのかと思った」

「でもなんで、わざわざ公衆電話を使ったんですか？　スマホ持ってるのに」

彼の手の中にあるスマートフォンを指さす。

「──あまり充電がないんだ。それだけ」

「そうなんですね。私、モバイルバッテリー持ってますよ。使いますか？」

「いいや、いい。それよりも早く映画館に行こう。遅れる」

彼に言われるまま歩き出した。

なんとなく持った違和感は、彼と過ごしているうちにどこかになくなってしまった。


十一月下旬。めまぐるしく過ぎる日々。このままではあっという間に年末になってしまいそうだ。

でも慌ただしい中でも、楽しみなこともある。クリスマスや年越しなどイベントが盛りだくさん。全部ではなくても彼と過ごせればいいなと思っている。

本当は……彼から誘ってくれないかなって少し期待していたのだけれど、残念ながら今のところそういった連絡はなかった。

予定を決めるのがあまり遅くなったら、会えないかもしれない。そうならないように私から誘おう。

今日も残業をこなして家路につく。ビルの裏口で守衛さんに声をかけて外に出た。その瞬間、冷たい風が吹き、目の前を落ち葉が飛んでいく。

「寒いっ」

急いでバッグから手袋を出す。しかし片方しかない。帰り支度をしていた時にデスクの上に置いて、そのまま入れ忘れたのかもしれない。

明朝は今日より冷え込むみたいだ。手袋がないとつらいだろう。

「はぁ。もう」

自業自得とはいえ、面倒な話だ。

私はため息をつきながら、エレベーターに引き返した。

廊下を歩きデスクに向かう。セキュリティを解除してフロアに入ろうとする。しかし一部の明かりがつきっぱなしになっている。最後にフロアを出たのは私だ。消し忘れたのかもしれない。

そう思って視線を向けると、デスクに人影を発見した。

飯田課長？　またなの？

以前も同じようなことがあった。勝手に自分のパソコンを使われるのはいい気がしない。

私が声をかけるために口を開こうとした瞬間、誰かに口元を押さえられた。

「うっ！」

突然のことに驚いてパニックになる。私は必死で押しつけられた手をどけようともがく。

「静かに。俺の指示に従って」

耳元で囁かれた声。聞き間違えるはずなどない。神宮司さんの声だ。

私はゆっくりと頷くと、姿勢を低くした。そして彼の後について、パーティションの向こうに隠れる。

彼は私を背中にかばうようにしていた。息を潜《ひそ》めて小さくなる。どうしてこんなことをしなくちゃいけないんだろうと思うけれど、彼の真剣な表情を見て黙って従った。

いつもの朗らかさは欠片《かけら》も感じない。ひりつくような空気感に戸惑いながらも、ジッとするしかなかった。

神宮司さんといるのにいつもとは違うドキドキで胸が痛い。無意識に握っていた手のひらがひどく汗ばんでいた。

呼吸すらも我慢して、ひたすら飯田課長が去るまでジッとしている。向こうが動くたびに私の心臓があり得ないほど大きな音を立てた。

そんな私を見た彼が、体の位置を変えて私の背中にいたわるようにそっと手を当てた。温かい手にひとりではないと安心できて、少し冷静になれた。

彼の険しい視線の先には、飯田課長がいる。詳細はわからないけれど、緊急事態だということは理解できた。

そんなことを考えていると、足音がこちらに近付いてきた。私はそのまま固まって足音が過ぎ去るのを待つ。

見つかったらどうしよう。

ギュッとこぶしを握り、目を閉じる。

私の心配をよそに、足音は通り過ぎてフロアの明かりが消えた。

しばらくは動けずにそのまま固まっていたけれど、神宮司さんが私の顔を覗き込んだ瞬間に、やっと大きく息を吐くことができた。

「はぁ」

体の力が抜けて、その場に座り込んだ。

「大丈夫か？」

制服姿の神宮司さんが、私を心配そうに見つめている。いつもと変わらないはずなのになぜだか違和感が大きい。

「ど、どうしてここに？　今は見回りの時間じゃないでしょう。それに――」

このフロアはセキュリティを解除しないと入れず、普段は巡回する場所ではない。警備会社のスタッフとはいえ、社内の人間がいない時には入室できないはず。

神宮寺さんは私の言いたいことをすぐに理解したみたいだ。

「事情があるが、話すことはできない」

「なぜ？　飯田課長になにかあるんですか？」

フロアには飯田課長しかいなかった。その相手から身を隠したのだから彼になにかあると思うのは当然だ。

「それも話せない」

「どういうこと……？」

混乱してしまう。彼の言葉を信じていいのかと。常識で考えれば、ルールを破っているのは神宮司さんだ。だから彼を信用していいのか迷う。

どうしたらいいのか。ざわざわと波立つ心と混乱する頭でなんとか答えを導かないといけない。

しかし私にそんな能力はない。思いついたことを口にするしかないのだ。

「じ、神宮司さん。私はこの会社の社員です。だから決まりを破っているあなたを報告しなくてはいけません。ここは会社の機密事項が集まる場所です。場合によっては警察にも――」

「かまわない」

「え?」

半分おどしのつもりで、警察に突き出すという話をした。彼があきらめてなんらかの事情を話してくれるかもしれない。そうすれば見逃すことができなくても、どうにかして彼の手助けができると思ったのだ。

「なにか事情があるんですよね? 私には話せませんか?」

神宮司さんの腕を掴んで顔を覗き込んだ。

それまで冷静な顔をしていた彼が、一瞬だけ苦しそうに顔をゆがめた。

「君を巻き込めない。警察に突き出すならそれでもいい」

普通なら警察の名前を出せば、多少は戸惑うはず。それなのに彼にはそんな様子もなく堂々としていた。

「どういうことなんですか？」

私が聞いたところで、彼には答えるつもりがないのか口を噤《つぐ》んでいる。しばらく返事を待ったが、彼からはなにも得られなかった。

だから私は自分で考えた答えで結論づけた。

「神宮司さん……もしかして警察の方なんですか」

彼はそれまで背けていた目をちらっと私の方に向けた。しかし肯定も否定もしない。黙ったままだ。

「なにも言わないなら、そういうことですよね？」

私は話をしてくれない彼にがっかりする。これまで彼に抱いたことのない感情だ。

「飯田課長を調べているんですか？」

もちろん答えてくれない。もどかしい気持ちでなおも彼に問いかける。

「もし飯田課長がなにか会社に不利益を与えているのならば、私はそれを止めないといけません」

どういう犯罪でどういう罪なのかすらわからない。だが未然に防ぐべきだ。在籍期間は短くても、私はここ、フロントビスキーの社員だから。

「まっすぐな性格の君らしいな。けれどダメだ。余計なことはするな」

「余計？　どうして」

「悪いことをしそうな人を止めるのは普通の人に対してなら通用する。しかしすでに罪を犯している者に話をしたところでどうなる？」

どうなる？　そこまで考えてなかった。

「秘密を知られたと思った相手が逆上するだけだ。君に危険が及ぶ」

「……それは」

私はただの一般人だ。自ら危険に飛び込むようなことはしたくない。

「ここは俺に任せて。君には難しいかもしれないけれど、飯田とは今まで通りに接して」

「でも」

「下手な正義感は身を亡ぼす」

きっぱり言われてしまったら、それ以上飯田課長については発言できない。

ただ私にはもう少し彼について聞いておきたいことがある。

「わかりました。飯田課長のことについては神宮司さんにお任せします。でももうひとつ教えてほしいことがあります」

「なに？　答えられるかどうかはわからないけれど」

突き放すような前置きに、萎縮しそうになる。今から聞く内容は私にとっては悲しいことだから。

「神宮司さんが私に近付いたのは――飯田課長を調べるためですか？」

聞かなければ知らなくて済む。けれど私は彼に聞かずにはいられなかった。

否定してほしい。私との出会いは偶然なんだよと。

しかし私の願いは叶わなかった。

「君の想像通りだ」

その言葉を聞いた瞬間、思い切り手を振り上げた。しかしその手を彼に向かって振り下ろすことはできない。

できるわけない。好きな人にそんなことはできない。

目頭が熱くなり、涙が滲《にじ》む。

力なく下ろした手で、あふれ出す涙を拭った。

事実を知る前なら、この涙を彼が拭ってくれると期待しただろう。しかし今はそれが叶わないと知っている。

彼は微動だにせず無表情のままだ。しばらくするとそのまま立ち上がり、私のデスクの前に移動した。

「神宮司さん？」

彼がなにをするのかわからず、ただ後を追う。

黙ったままの彼が、デスクの上に置いてあるコツメカワウソのぬいぐるみを手に取った。

いったいどうしたのだろうか。そう思った瞬間、彼がぬいぐるみの背中にある縫い目に無理やり指を入れた。

「なにをしてるんですか！ やめてください。壊れちゃう」

彼の腕を引っ張ったが、私の力では彼を止められない。

かわいいコツメカワウソの背中から白い綿が出てふわふわと足元に落ちる。それでもなお彼は中に指を入れてなにかを引き出した。

五センチくらいの黒い四角いなにか。彼はそれを自身の手のひらにのせて私に見せたのだ。

「小型カメラだ」

「カメラ⁉」

大きなショックが私を襲う。

「それって……私の会話や画像が、誰かに聞かれたり見られたりしていたってことですか？」

誰かと言ったけれど、これを私にプレゼントしてくれたのは目の前にいる彼だ。

「そんな……犯罪まがいのこと」

「それが許されることもあるんだ」

彼にとってはなんでもないことのようだ。仕事を遂行するために必要となればためらわずにカメラくらい仕掛けるのだろう。

「知りたくなかった……こんなこと」

なにも知らなければ今まで通りのはずだった。私の好きな神宮司さんのままだったのに。

これまでの短いけれど大切な思い出が崩れ落ちていく。

「知りたくなかったのにっ！」

私はこれ以上彼と一緒にいられないと思い、そのままフロアを飛び出した。

エレベーターの扉が閉まると同時に、涙が頬を伝う。

「どう……し……て」

問いかけたところで、返事があるわけでもない。わかっていても誰か教えてほしい。

どうしてこんなことになったのか。私はこれからどうしたらいいのか。

会社を出てとぼとぼと歩く。

こんな泣き顔のまま電車に乗れない。少し遠回りして歩いて気持ちを落ち着けようとする。しかし、なぜ、どうしてが頭の中に渦巻いて、胸がずっと痛い。

遠回りするために、近くの公園に足を踏み入れた。しかしそれが間違いだった。ここは神宮司さんと一緒にランチをした公園だ。

「はぁ。もう」

なんかもう、とことんついてないな。無意識にここに来てしまったのは自分が悪い。わかっているけれどイライラしてしまう。

先月はあんなに楽しかったのにな。それが全部仕事のためだったなんて。

きっと私の好意にも気が付いていたはず。すぐに好きになるって呆れていたかな。バカにしていたかな。

何度となく違和感があったのに、彼への思いを優先させ無視し続けた結果だ。

ふたりで座っていたベンチが目に入り、一度止まりかけた涙が再び出そうになる。ごしごしと冷たい手でこすってあふれ出ないようにした。

彼のことをひどいと思う。だけど責められる立場にあるのかと言えば違う。

だって彼は肝心な言葉は、なにひとつくれなかったから。

かわいいとか、一緒に過ごしたいという言葉はあった。

けれど私のことが好きだとか、付き合いたいとか明確な言葉があったわけじゃない。

私たちは恋人同士ではない。もしかしたら友達ですらないのかもしれない。

考えれば考えるほど悲しさが増していく。

信じていた人に裏切られたという気持ちでいっぱいだ。

だけどまだ「どうして？」という気持ちが消えない。彼への気持ちが簡単に消えてはくれない。

だからこそ怒りと悲しみが次から次へと湧いてくるのだ。

街灯の続く舗装された場所を歩く。ジョギングや犬の散歩をしている人とすれ違う。

ふと前に人の気配を感じた。うつむきがちに歩いていたので、誰かとぶつかりそうになってしまう。

「あ、ごめんなさい」

慌てて左側に避けた。普通ならそこを通り抜けていくだろう。しかし私の前にいる人は同じように左側に移動する。

こういうことはままあるので、次は右に避けた。しかしまた同じようになった。

「あの……すみません」

顔を上げて相手を見る。

すると四十代後半くらいのスーツ姿の男性がニヤリとこちらを見ていた。その時になって相手はわざと私の前に立ち塞《ふさ》がっているのだと気が付いた。

危険を察知した私は、なんとか相手の横をすり抜けようとした。

しかし、次の瞬間、手を掴まれた。

「離してくださいっ」

腕を振り切ろうとしたけれど、強く握られている。

「痛いっ」

相手は私が痛がっているのにうれしそうな顔をしている。

「逃げようとするからだよ。もしかして泣いてる？　なぐさめようか」

口を開いた相手からは、アルコールの匂いがした。すごく酔っているようだが、力が強く手を振りほどけない。

「やめて、お願い」

なんでこんなことが続くの？

嫌なことばかりが立て続けに起きて、心が折れてしまいそうだ。

そんな時、背後から掴まれていない方の手を引かれた。

振り向く瞬間、私は声をあげていた。

「神宮司さんっ？」

しかしそこにいたのは、彼ではなく別の男性だった。

「この子嫌がってるじゃない。手を離せよ」

女性のようにかわいらしい顔立ちだが、その声は相手を威嚇《いかく》するのに十分なほど低く力強い。

「あ、いや。ちょっと話をしていただけじゃないか」

「はぁ？　話をしていただけ？　腕を掴んで拘束していただろっ」

かばってくれた男性がすごむと、男はそれまで掴んでいた手をすぐに離し、逃げるように去っていった。

私はホッとして、その場に座り込んでしまう。そんな私に助けてくれた男性が手を差し出した。

「大丈夫？　立てる？」

彼の手につかまり立ち上がると、彼は私がケガをしていないかあちこち見て確認している。

「あの、ありがとうございました」

いつもなら振り切って逃げられたかもしれない。でも今はその気力すら残っていなかった。

「ごめんね。神宮司さんじゃなくて」

残念そうに眉を下げる男性の顔をジッと見る。

「あ、あなたは！」

失礼だけれど、思わず人差し指を突きつけてしまった。

「もう色々バレたみたいだから、出てきちゃった」

ペロッと舌を出し、肩を竦める姿が妙にかわいらしい。

「自転車でぶつかりそうになった人」

「そう、正解」

パチパチパチとにこやかに手を叩かれても全然うれしくない。

「あなたも神宮司さんの仲間なの？」

「う〜ん、正確にはちょっと違うかな。僕はいわゆる協力者だから」

言葉を選んで話をしている。それは神宮司さんが私にどこまで話をしたか把握しているからだろう。

「さっきの職場での話、聞いていたんですか？」

もちろんコツメカワウソのぬいぐるみの中にあったカメラを通じてという意味だ。

「どうだろう?」

ニコッと笑ってごまかす。追及したところで、なんの話もしてくれないだろう。

「僕はジンさんに頼まれて、君の後をつけていただけ。よかった、大事にならなくて」

たしかに彼のおかげで助かったのは間違いない。けれどそれが神宮司さんから依頼されてきたとなると、反発したくなる。

「助けていただいてありがとうございました。でも……もう私のことは放っておいてください」

そこまで言い切る間にも涙が浮かぶ。今日はもう涙を止められそうにない。

「泣かないでよ。君に泣かれると僕がジンさんに怒られちゃう」

男性はオロオロしているようだ。彼を困らせるつもりはない。

「だ、大丈夫です。神宮司さんは私が泣こうがどうも思わないでしょう……から」

そうだ彼にとって、私はただ利用しただけの人間なのだから。

そう考えただけで、また涙が滲んできた。

「ごめんなさい。私」

「わかった。ちょっとそこに座って。お茶買ってくるから」

疲れ切っていた私は、色々考えるのが面倒で彼の言う通りにした。

木製のベンチは冷え切っていて冷たい。座って深呼吸を繰り返すと少しばかり気持ちが落ち着いた。

息を吐きながら空を見る。星なんてひとつも見えず、冷たい風が濡れた頬に当たり痛い。頬を両手で押さえていると、目の前にあったかい缶のお茶が差し出された。

「いただきます」

「どうぞ」

彼はそう言うと私の横に座って、お茶を飲み始めた。私も手持ち無沙汰だったのと寒さからお茶に口をつける。

「あったかい」

「そうだね。少しは落ち着いた？」

私が頷くと、隣の彼はホッとしたように小さく息を吐いた。

「僕はナギ。葵ちゃんって言うとジンさんに怒られそうだから……君は本田さんだよね」

しっかりと私の情報は知っているようだ。否定しても仕方ないのでただ頷くにとどめた。

ナギさんは特に気にする様子もなく、話を続けた。

彼の話を聞く必要はないのかもしれない。けれど私の中にある疑問や未練を解消できるかもしれないと思うと、その場を離れる選択肢はなかった。

「今すごく傷ついていると思う。でもこれが僕たちの仕事なんだ」

「仕事って、侵入や盗撮が？」

「そう言われると、罪悪感持っちゃうな。たしかに非合法なことだけど、守らなくちゃいけないもののためには仕方ないんだ。そしてそれは大義のためなら許されるたいていね」

「大義って、そんな国のためみたいな言い方――」

そこでハッとしてナギさんを見る。

「まさか」

「結構カンが鋭いんだね。ドキッとしちゃう」

軽く言っているが、否定はしていない。

「警察官ですか？　いや、警察なら潜入捜査なんかしない――待って、まさか公安警察？」

父親が大の推理小説好きで、私もよく借りて本を読んでいた。その中に出てきたが、実際生きてきて公安警察の人と関わることなど一度もなかったので、自分で導き出した答えなのに信じがたい。

「さて、どうだろうね」

どちらとも取れる笑みを浮かべている。ただ本当に彼らが公安の一員だったとしても私に身分を明かすことはないだろう。問い詰めたところで否定されれば終わりだ。

しかし神宮司さんの言動や、ナギさんの様子から彼が公安警察だと確信した。

本当の彼の立場を知って愕然とする。まさか警備員と思っていた彼が公安だったなんて。

国家のための仕事。とても意義のあるものだと思う。だからといって気持ちが治まるわけじゃない。

「たとえ彼が立派ななにかを成し遂げようとしていたとしても、私をだまして利用した事実は変わらない」

彼への思いは日に日に大きくなっていた。いつか心を通い合わせることができると思っていた。それなのに、彼への気持ちが最悪の形でつぶされてしまった。

「やっと好きになった人なのに。他に方法ならいくらでもあったはず」

わざわざデートなんてしなくてよかったのに。優しくだってしてほしくなかった。

泣いても仕方ないと思ったけれど、抑えられない。

「たしかに、君を傷つけたのはジンさんのミスだね」

ナギさんは、はぁとため息をついた。

「ほんと、今回のジンさんはらしくないよ。いつもならそこまで周囲に深入りすることはないのに」

隣の彼も思うところはあるようだ。

「悪いのはこちらだからかばうわけじゃないけど、ジンさんは君に被害が及ばないようにしていたのもたしかなんだ。利用っていうより近くにいて守りたかったんだと思うよ」

「そんなこと、今言われても」

裏切りを知った後で「そういうつもりじゃなかった」と言われたところですぐに「はいそうですか」とは言えない。

「複雑だよね。僕たちから許してほしいとは言えない。恨まれても仕方のないことをしてるから。ただ――」

彼が真剣な顔になった。

「君は本来知るべきじゃないことを知ってしまった。そのことで危険に巻き込まれるかもしれない」

「あっ……」

神宮寺さんはなにも言わなかったけれど、私に近付いたということはうちの部署を調べているのだろう。

ふと飯田課長の顔が浮かぶ。

「なにか気が付いたって顔をしているけれど、知らないふりをして。そして危ないことはしないでほしい。これはジンさんからの伝言」

あんなことしておいて、今さら私を心配するの？

「不満げだね。まぁ、僕は忠告したからね」

彼は立ち上がると私の前に立った。

「君がもし僕たちの邪魔をするなら、それは見逃せない。やっとここまできたんだ。僕、ジンさんみたいに優しくはないから。じゃあね」

ナギさんは歩き出した。

「あ、遅いし帰宅はタクシーをおすすめする」

一瞬振り向いた彼は私に手を振るといなくなった。

自分の周りでいったいなにが起こっているんだろう。知っているのに知らないふりするなんて、なんでも顔に出てしまう私にとっては難しい。

それにもう、なにかあったとしても神宮司さんは守ってくれないだろう。彼が私といたのは、仕事のため。私から少しでも情報を聞き出すためだったのだから。

価値がなくなった私は……いらないよね。

「あ〜あ」

久しぶりの恋だった。彼と会っている時もそうでない時も楽しくて、これまでの毎日と色々なものが違って見えた。

恋愛に不器用な私をそのまま受け入れてくれたのは、全部仕事のためだったとわかっても、一緒に過ごした楽しい時間が胸を締めつける。

未練がましい。わかっていても彼を心の中から消し去るのは難しい。

時間が解決してくれるのかな。

そうだとしてどのくらいの時間がかかるのかな。

また涙が滲みそうになって、慌てて顔を上げた。

ふぅ〜と大きく息を吐いた。

夜空にはやっぱり、星ひとつさえなかった。

どんなに悲しいことがあっても、一生ベッドから出たくなくても、朝はやってくる。
結局朝まであれこれ悩んで、ほとんど眠れていない。
それでも着替えて出勤の準備を始めた。半分意地であり、残りの半分は家にいれば
ずっと神宮司さんのことを考えてしまうからだ。
それならいっそ仕事をしていた方が、気持ちが紛れるはずだ。
そう思って洗顔して鏡の前に立つ。ひどい顔の私がいて、腫《は》れぼったい目元を冷や
すことから一日が始まった。
その日から一週間、何事もなく毎日が過ぎていった。
変わったのは、神宮司さんが突然仕事を辞めたことと、私のデスクの上のコツメカ
ワウソのぬいぐるみがなくなったことだ。
ないとわかっていても、ついついその場所に目を向けてしまう。そのくらい私に
とって日常にある当たり前の風景になっていたようだ。
あの日ほどの怒りや悲しみがあるわけじゃないけれど、時々襲ってくる喪失感に落
ち込むことがしばしばある。
神宮司さんから連絡はない。おそらく私に利用価値がなくなったからだと思う。
本当に、潔いくらいあっけない終わりだった。

考えるとため息が漏れそう。気持ちを切り替えてパソコンの画面に向かう。

集中しようと思った矢先、背後から声をかけられた。

「あの、飯田課長知りませんか？　会議の時間なのにいらっしゃらないんですけど」

どうやら参加者がわざわざ呼びにきたようだ。デスクを見たが離席中だ。

「私の方で捜してみます」

会議の時間くらい自分で把握してほしい。けれどそれをお願いしたところで、機嫌が悪くなるだけだ。

あれから課長を注意深く見ているが、いつもと変わらない。本当になにか悪いことをしているのだろうか。

ダメ、気にしちゃダメ。

世の中には知らなくていいことがたくさんある。気が付いてしまったなら、放っておくことはできないが、自分から面倒事にわざわざ首を突っ込む必要はない。

それに神宮司さんにも止められた。余計なことはしない。それが一番なのだ。

別の部署のフロアや休憩ブースを捜した。もしかしたら別の階にいるのかもしれないと思い、階段に向かう。

「……いいえ、すみません。今月中には必ず返済しますので」

階段を上った踊り場で電話をしている飯田課長の姿があった。壁の方を向いているので私に気が付いていないようだ。

「はい。あの、近いうちに大金が入ってくる予定になってますから」

ずっと壁に向かってぺこぺこと頭を下げている。

状況から判断して、声をかけるべきではない。話の内容からしても不穏な空気を感じる。首を突っ込まないと決めているのに、どうしても気になってしまう。

黙って立ち去るべきだろう。しかし今は会議が始まってしまっている。仕方なく声をかけた。

「飯田課長、会議のお時間が過ぎています」

私の存在に気が付いていなかったのか、離れていてもわかるくらい体をビクッと震わせた。

「な、なんだいきなり。すぐに行くから向こうに行け」

手でシッシッとされた。せっかく呼びに来たのにと思う気持ちと、とりあえず自分のできることはしたという気持ちでデスクに戻る。

気持ちが沈んでいるからか、ちょっとしたことでイライラしてしまう。

なにもかもうまくいかない日。それに拍車をかけるようなことが終業時刻間際に起こった。

呼び出されたのは、総務部などがあるフロアの会議室だった。ノックをして中に入ると、常務取締役と情報システム部の部長、そして飯田課長がいた。そこにいる人たちを見ても自分がなぜ呼び出されたのか理解できない。ただ室内にいる全員が厳しい顔をしている。

「本田さん。そこに座って」

五十代後半くらいの眼鏡をかけた男性に、座るように促されて従う。

「すみません、急に呼び出して。私は情報システム部、部長の神崎《かんざき》です」

「はい。あの……」

全員の視線が突き刺さる。その視線の強さに手に汗が滲んだ。

「これをちょっと見てもらえるかい？」

差し出されたのは一枚の紙。システムログが表示されている。

「そこのラインマーカーを引いたところ、これは君がある人物に機密データを送信したという履歴だ」

「え⁉」

まったく身に覚えのないことで、驚くだけですぐに反論できない。数字とアルファベットの羅列だが日時くらいは確認できる。

この日って……。

忘れるはずなどない、それは神宮司さんが警備員とは別の〝仕事〟をしていると知った日だ。

そして……私が裏切られた日。

「これは次世代通信システムに関する最重要データだ。君は普段から、よくひとり残って残業しているようだね」

神崎部長は事実確認をする。

「はい」

「そして飯田課長の補佐も行っていた」

「はい」

それも事実だ。肯定の返事しかできない。

「この日、君は一度会社を出て、部署まで戻っているね。それはどうして？」

あの日のことを思い出す。

「て、手袋をデスクに忘れてしまって」

本当のことなのに妙に言い訳がましくなってしまった。

「手袋ね……」

やっぱり納得していないようだ。

「データが送られた時間と君がフロア入口の電子ロックを解除した時刻がほぼ同じだ」

「そ、それは……」

事実を次々に突きつけられて、冷静でいられない。

神宮寺さんが一緒にいたが、彼はすでに退職している。今すぐに私の無実を証明はできない。そもそもしてもらえるとも思えないけれど。

彼は彼自身の仕事が第一だ。フロアに忍び込んでいたことがばれると、彼の職務に影響がある。そうなれば、証言しないだろう。

落ち着いて、なにか他に……。

「あっ！　思い出しました。あの日は私だけではなく飯田課長もフロアにいました」

そういえば飯田課長は私のデスクでいったいなにをしていたんだろう。間違いなくいた。だからこそ私は神宮司さんと一緒にパーティションに隠れたのだ。

「なにを言ってるんだ？　私はその日すでに退勤している。いい加減なことを言うな」

「なんでそんな嘘を？　私のデスクに座ってパソコンをいじっていたじゃないです

か！」

私は間違いなく見たのに。

「追い詰められて、そんな嘘をつくなんて。いったいどういうつもりだ」

「私は本当のことを言っています」

私と飯田課長の押し問答を見ていた神崎部長が、後ろにいた部下らしき人になにか伝えている。

そしてすぐに差し出されたタブレットを、神崎部長が確認した。

「今、その日の退勤データを確認しましたが、飯田課長はすでに帰宅されていたようです」

「え、そんなはずないです。もう一度よく確認してください」

間違いなくあの時、飯田課長がいたのに。

神崎部長は私の方へタブレットを見せた。そこにはたしかにデータが転送された時間に飯田課長は退勤していたという記録があった。

「そんな……」

落ち込む私を飯田課長はニヤニヤしながら見ている。

「もう逃げられないぞ。おとなしく観念するんだな」

今ある事実だけだと、あたかも私が犯人みたいになっている。

「そうだ、防犯カメラはどうなっていますか？」

廊下にもフロアにもカメラが設置されているはずだ。それを見れば一目瞭然。なぜ今までそれに気が付かなかったのか。

「それがね、その日の夕方からの映像データがなぜかないんだ」

「え……」

「これは情報システム部の落ち度だ。申し訳ない」

どうしてそんなにタイミングよく？

一箇所だけならまだしも、他の場所まで映像データがないって意図的に消されたと思うのは間違いだろうか。

どんどん追い詰められている。そして逃げられなくなっている。

どうしたらいい、どうすればいい？

飯田課長は真面目な顔をしている。けれど私と目が合うと一瞬だけ醜悪な笑みを浮かべた。

――はめられた。

ナギさんから忠告されていたのに、まさかこんな形で火の粉をかぶるなんて思ってもみなかった。きっと私がどうあがいても、用意周到な相手の思うつぼだろう。

神宮寺さんがいてくれたら。そんな甘えたことを思う。

たとえ彼がいたとしても、彼自身の本当の仕事に支障をきたすなら助けてなどくれない。いつまで未練がましく彼を思い出すのだろうか。

「君がデータを転送した。間違いないね？」

問い詰めるような神崎部長の声。おそらくこの場に私の味方はいない。派遣社員からやっと正社員になれてこれからだと思っていたのに。今まで一生懸命やってきたことはいったいなんだったんだろう。

もう認めてしまおうかと、あきらめかけた。

しかしギュッと目をつむると、まぶたの裏に彼の顔が思い浮かぶ。

たとえ仕事のためとはいえ、彼は私の素直でまっすぐなところを好きだと言ってくれた。それがすごくうれしかったのに、あきらめて嘘をついて罪をかぶって、それでいいの？

目を開くと「私はやっていません」とはっきりと伝えた。

「ここまで証拠があるのに、まだそんなことを言うのか？」

飯田課長は目の前にあるテーブルをドンと叩いた。その音に体がビクッとなる。

「飯田課長、そのへんで」

　止めてくれたのは常務だ。これまでずっと黙ったままだった。しかしこのままではらちが明かないと思ったようだ。

「とりあえず、このままでは平行線だ。彼女が犯人だというには情報が乏しい。第一あの企業と彼女との繋がりがわからない。彼女はここの部署に配属になってまだ一年も経っていないんだから」

　冷静に分析をしてくれてありがたい。ただ、私の疑惑が晴れたわけではない。

「そうは言いますが、これは国も関わるプロジェクトの内容です。もしもあの情報が海外に流出するとなれば大問題です」

　そんな重要なものが流出していたのだとは思っていなかった私は、事の重大さにここにきて初めて気が付いた。

　恐怖で震える手をギュッともう一方の手で押さえ込む。

「疑惑のある人間をこのまま働かせるわけにはいかない。本田さんはしばらく謹慎してください」

「……はい」

　仕方ないだろう。証拠は全部私が犯人だと示している。他に真犯人が出てこなければ私がやっていないという証明をするのは難しい。

私はうつむいて膝に置いてあった手をギュッと握り、悔しさに耐えた。

自分の無実を証明できず歯がゆい思いを抱きながら、荷物をまとめると私は逃げるようにして会社を出た。

先ほどの会議室での様子を見ると、飯田課長はこの事件について知っているはずだ。むしろ彼が私のパソコンを使ってやり取りをしていたように思える。

以前から何度か私のパソコンを触っていたところを目撃した。直属の上司だから問題ないと思っていたのが間違いだ。自分の危機管理の甘さがこの状況を招いた。その点においては反省しなくてはいけない。

パスワードについてもどうにかして手に入れたのだろう。

最初から私に罪を擦《なす》りつけるつもりだったのだ。それを知らずに残業までして仕事をしていたなんて。

なんてバカだったんだろう。今さら悔やんでも仕方ない。

でもせめてこれが神宮司さんがいる時なら、もう少し状況が違ったかもしれない。

彼らが調べていたことも、今回の騒動となにか関係があるはずだ。

ひどいことをされても、今もなお彼に頼りたくなってしまう。自分の中の彼の存在がまだまだ大きくて切なくなった。

とりあえず一週間か……なにをしようか。

これが有給休暇なら、ちょっと旅行して美味しいものでも食べてなんて考えられるのだけれど、実際は謹慎だ。

とりあえず、再就職口を探した方がいいかもしれないな。でも情報漏洩《ろうえい》の疑いがあって解雇された社員を雇う会社なんてあるのかな。

駅までの道中、どんどん気持ちが重くなっていく。

どうすれば事態が好転するのだろうか。今日はなんとか解放してもらえたが最悪の場合――。

嫌な予想を振り払おうと頭を左右に振った。

その時、一台のワンボックスカーが私の横に止まった。不思議に思って視線を向けると後ろ側のスライドドアが開いて男がふたり現れた。

私はその男たちに手を引っ張られる。

「き……うぐっ」

背後から羽交い絞めにされると同時に、口を押さえられて叫べない。足をなんとかばたつかせたが、男ふたりに力でかなうはずなどない。

抵抗虚しく、私は男たちの車に乗せられて目隠しと猿轡《さるぐつわ》をされた。時間にして一分にもならないだろう。

どうして……こんなことに。

あふれる涙がアイマスクに滲んでいく。体は恐怖でガタガタ震えていた。

どのくらい移動したのだろうか。車が停車したのを感じた。

ドアの開く音がして「降りろ」と言われた。

私は素直に従う他なく、男たちに両腕を掴まれながらなんとか足を動かした。

怖くて仕方がない。しかし今の私は逃げ出すことも助けてくれと乞うこともできない状態だ。

別の人に引き渡された瞬間突き飛ばされて、倒れ込んだ。その時、体の左側を強く打った。

「……っう」

痛みに顔をゆがめる。擦《す》りむいた箇所は熱を持っていて、ぶつけた箇所はしびれている。

そんな私に誰かが近付いてくる足音がした。また痛い思いをするかもしれないと身を縮める。

足音が私の正面で止まる。その後すぐにアイマスクがはぎ取られた。

目を開けたが視界がぼやけてよく見えない。だんだんとピントが合うと目の前にいるのが飯田課長だということがわかった。

「う……うう」

猿轡のせいでうまく話せない私を見て、飯田課長は声を出して笑う。

ここは使われていない倉庫のようだ。飯田課長の不気味な笑い声が響く。

「あははは、無様だな。さっき自分の罪を認めていればこんなことにはならなかったのにな」

なんらかの事情を知っていると思ったけれど、こんなことまで？

いったい彼はなにをしたの？

ただの情報漏洩ならここまでする必要はないはずだ。職を失い、ともすれば警察沙汰になるだろうけれど、誘拐までするとなると、なにかもっと重大な理由があるのだろうか。

私は涙をためて飯田課長を睨むしかなかった。

「そんな顔したところで、なにになるんだ？」

飯田課長がバカにしたように笑う。

「お前は某国に軍事転用の可能性のある技術の漏洩をしたことで、追い詰められて自殺することになっている」

ど、どうして私が？

「自分がなぜ殺されるのかくらいは知っておきたいだろう？　説明してやるんだ。感謝しろ」

飯田課長は私の首にロープをかけながら、話を続ける。

「俺は数年に渡って某国のスパイとやり取りをしている。お前にも何度か仕事を手伝ってもらえて助かったよ」

もしかして、無駄に書類を運ばされていたのはそのためだったのだろうか。知らないうちに犯罪の片棒を担いでいたなんて……。

私はショックに打ちひしがれた。

「つい最近までうまくいっていたんだ。ただ二カ月前くらいから邪魔が入ることが増えた。誰かがこの取引に気が付いた証拠だ」

おそらく神宮司さんたちのことを言っているのだろう。そこでやめたらよかったのに、どうしてこんなことに。

「そろそろ潮時だと思って、罪をかぶってくれるやつを探していたんだ。ありがとうな、最後まで俺のために働いてくれて」

飯田課長が私の首にロープを巻いて、ゆっくりと絞めていく。首筋に触れるそれはやけにひんやりとしていた。

「自殺した後、お前が某国のスパイ活動をしている相手と繋がっていたと警察が立証してくれるだろうな。わかりやすいように証拠を揃えたんだから子どもでも見つけられるさ」

泣きながら目を開けると、飯田課長がニヤニヤと醜悪な笑みを浮かべている。

「その頃俺は、高飛びして自由になっているってわけ」

醜い飯田課長の笑い声が、私に絶望感を植えつける。

どうしてこんなことに？

せめて神宮司さんに忠告された後、もう少し気を付けていればこんなことにならなかったのかもしれない。

今さら後悔したところでどうしようもない。

「お前は来世では少しは人を疑うことを覚えるんだな。つくづくマヌケだな」

もうダメだと思い、目をつむる。頬をひと粒の涙が伝った。

「その〝マヌケ〟って言葉はお前のためにあるんじゃないのか？」

聞こえるはずのない人の言葉に驚き、再び目を開く。すると私を連れてきた男が勢いをつけて床に転がる姿が見えた。

なに、なんなの⁉

猿轡の私はうーうーと声にならない声を出した。

たくさんの人が倉庫になだれ込んでくる。

次の瞬間、目の前の飯田課長のこめかみに、銃が押しつけられた。

初めて見る拳銃に驚いたのもあるが、私がもっと驚いているのは目の前の人物を見たからだ。

固まっていると猿轡が外された。

「じ、神宮司……さん」

私の声に彼は冷静に答えた。

「葵、悪かったな。助けに来るのが遅くなって」

「っ……うう」

ぼろぼろと涙が頬を伝う。状況はわからないが、彼を見たら心から安心できた。

「は、離してくれ。頼む」

飯田課長は両手を上げて抵抗する意思はないと示す、かのように見えた。しかし一瞬の隙を狙って私の方に手を伸ばしたのだ。

次の瞬間、神宮司さんが飯田課長を容赦なく殴った。大きな体が横に飛び、近くにあったドラム缶にぶつかる。

ドーンという、大きな音が倉庫内に響いた。

神宮寺さんは飯田課長の襟首を掴み、無理やり立たせると、壁に押しつける。

「なぜ、こんな汚いことに葵を巻き込んだんだ？」

「うっ……ぐほっ」

神宮寺さんが思い切り飯田課長を絞め上げているのか、ものすごく苦しそうだ。

「彼女はこんな風に傷つけられていい人間じゃない。まっすぐな彼女を利用したことを死ぬまで後悔し続けるんだな」

もう一度振り上げたこぶしは、ナギさんに止められた。

「ジンさん、気持ちはわかるけど。死んじゃうから、そこまでで」

神宮寺さんは行き場のないこぶしを耐えるようにしておさめた。

「飯田さ～ん、悪いけどお仲間は助けにこないよ。僕が全部やっつけちゃった」

軽い調子で飯田課長を押さえつけている。

その様子を茫然と眺めていた私に、神宮寺さんが駆け寄ってきた。

「ロープをすぐ解《ほど》くから、ジッとして」

彼は私の首のロープを外し、次いで手首のロープも解いてくれた。

「大丈夫……じゃないよな」

心配そうに私の顔を覗き込む彼。以前と変わらない優しい声に耐えられなくなった私は彼に思い切り抱きついた。

「こ、怖かった……こわ……」

まだ恐怖で歯の根が合わず、がちがちと音を立てている。そんな私を彼はギュッと抱きしめて落ち着かせてくれた。

「もう大丈夫だから。葵はなにも心配しなくていい」

「神宮司さん……私」

言いたいことがたくさんある。それなのに体に力が入らない。

「葵？　おい、大丈夫か。葵！　凪河、救急車だ」

焦った顔の神宮司さんの顔が、私の視界に入った。それと同時に私はそのまま意識を失った。

ゆっくりと目を開く。ぼやけていた視界がだんだんはっきりしてくる。見慣れない真っ白な天井と点滴の輸液パックが目に入って、ここが病院だとわかった。

「葵。気が付いたのか？」

「神宮司さん……痛いっ」

体を動かそうとしたが、その瞬間痛みが走った。

「動いたらダメだ。骨折はしていないが体のあちこちをぶつけている。しばらくは安静にしなくちゃいけない」

彼が眉間《みけん》に皺を寄せて苦しそうな顔をしている。

「神宮司さんもどこかケガしたんですか？」

「いいや、俺はどこも」

「だったらなぜそんなつらそうな顔をしているんですか？」

痛みをこらえて、かがんでいる彼の顔に手を伸ばし頬に触れた。

「それは君にこんなにケガをさせてしまったからだ。これなら自分がケガした方がいい。本当に申し訳ない」

私はゆっくりと首を左右に振った。

「ずっと飯田を監視していたんだ。だが向こうの邪魔が入って君を危険な目に遭わせてしまった。謝っても許されることじゃない」

「もういいですから、それに最後は助けてくれたもの。ありがとうございます」

私はお礼を告げたけれど、彼はますます眉間に深い皺を刻んだ。

「偉そうに飯田を責めたが、俺も散々葵を利用した。礼なんて言ってもらえるようなやつじゃないんだ」

彼の表情から、大きな後悔が伝わってきた。

「飯田については早くからマークしていたんだ。そこから君の存在を知った。最初はグルなんじゃないかって思っていたんだが、完全にシロだと判断した後は保護対象になっていた。それなのに――君を傷つけた。心も体も」

「神宮司さん……もしかしてデートやカメラも私を守るため？」

「それはあまりにも、俺に都合のいい解釈じゃないか？」

彼は否定も肯定もせずにあいまいに微笑んだ。しかし私は彼の気持ちを知りたくてジッと見つめると降参したかのように彼が話しだした。

「たしかに最初はそうだった。しかしデートは……違うな。俺も純粋に楽しかった。だからこそ君に対する罪悪感がどんどん大きくなっていった。俺は君と一緒にいていい人間じゃない。素直な君と日常が嘘で固められている俺とでは釣り合わないだろう？」

　笑っているがその目はどこか悲しそうだ。私も胸が苦しい。

「私は、一方的にだまされた、傷つけられたと自分が被害者だと思っていました。でも本当はずっと守られていたんですね。神宮司さんの嘘は必要な嘘です。私はそれに全然気が付いていませんでした」

「葵……」

　彼が私をジッと見つめた。

「神宮司さんは公安警察なんですよね？」

　彼は黙ったまま複雑な表情を浮かべ、私の質問には答えない。

「ごめんなさい。答えられないですよね。……でも警察官であることは間違いないですよね？」

　立場を明かせないのはわかっている。私は言い方を変えて彼にもう一度尋ねた。

　すると彼は静かに頷いた。

「神宮司さんは自分を嘘にまみれてるって言います。だからこそ私みたいな相手がそばにいた方がいいんじゃないですか。ほら、考えていることが手に取るようにわかるでしょ？」

「君には……あきれるな」

彼が笑ってくれてうれしくなる。

「私、ずっと考えていて。騙されたと思ってすごく悲しくてどうして自分がこんな目に遭わなきゃいけないんだろうってたくさん泣きました」

彼は黙ったまま頷く。その顔には後悔が滲んでいるように見えた。

「それでもなにかあるたびに、あなたのことを思い出した。忘れるなんてできないんです」

「しかし葵、俺は君の思い描く楽しい時間を与えられるような男じゃないんだ」

彼の仕事上、それは仕方のないことだろう。

「そうかもしれません。でも気が付いたんです。他の誰かといてもきっと全然ときめかないって。神宮司さんじゃないとダメなんだって」

「葵……」

どんなに甘い言葉で囁かれても、たくさんのプレゼントをもらっても、どれだけ長い時間一緒にいても。相手が神宮司さんじゃないと私の思い描く恋愛は成立しない。

「だから責任を取ってください」

「葵……君ってやつは。まいったよ」

彼は諦めたように笑うと、私の手をギュッと握った。

「任務中、一番に考えるのは国益のみだ。任務はなによりも優先される。そんな俺と一緒にいても誰も幸せにできないって思っていた。今もそう思っている」

「たしかにそうかもしれないけど。でも私はなにが幸せなのか自分で決めます」

彼は呆れたように小さくため息をつく。

「大事なものは少ない方がいいんだ」

「それは違います。大事なもののために頑張れるってこともあると思う」

「君は本当に、まっすぐだな」

「はい。だから神宮司さんが私と付き合えない理由を言うなら、私は同じだけ付き合える理由を探します」

驚いたように目を見開いた後、彼は声をあげて笑いだした。

「本当に嫌なら、私から全力で逃げてください」

彼は観念したようだ。柔らかい笑みを見て、私の胸はキュンとした。

「それはかなり難しいミッションだな。なぜなら俺は君が好きだから」

今度は私が驚く番だった。

これまで一度も彼が言わなかった言葉。それを聞くことができたのだから。

思わず目に涙が浮かんだ。

「泣かないで。もう君を泣かせたくない」

「無理です。幸せすぎて……」

ぼろぼろと流れる涙を彼の長い指がゆっくりと拭ってくれる。

「俺は君を泣かせてばかりだな」

「それでもいいんです。そばにいられたら」

きっとこれからも涙を流す日もあるだろう。だけどそれ以上にふたりで笑い合う日もあるはずだ。

「葵。たしかに俺の毎日は嘘ばかりだ。そんな日々の中で君だけは俺の真実であってほしい。なにがあってもどんな状態でも必ず君のところに戻ってくる。ちゃんと約束する。だから――」

彼はそこで言葉を区切ると、私の手をもう一度ギュッと握った。

「だから俺のそばにいてほしい」

握られた手、真摯なまなざしから彼の熱が伝わってくる。

「はい。ずっとそばにいます」

彼が私の顔を覗き込んだ。近付いてくる彼にキスの予感がした。

そっと目を閉じると、柔らかい唇が触れた。

「好きだよ、葵」

「私もです。神宮司さん」

見つめ合って微笑み合う。そんな日常を積み重ねていきたい。振り返ればきっとそこには幸せの道ができているはずだから。

彼が優しく私の髪を撫でる。

「とにかく今は、体を休めて」

彼は私の額にチュッと小さなキスをした。

「あ……」

途端に顔が熱くなり、胸がドキドキする。

「あんまりドキドキさせないでください。入院が長引きそう」

「それは困るな。俺は早く思い切り葵を抱きしめたいのに」

「いい子で寝ます」

甘い視線を向けられて、私は彼の言うことをおとなしく聞いた。

布団をかぶった私が眠りにつくまで、彼はずっとそばにいてくれた。

第四章　愛と秘密とトキメキと

清らかな朝。まっさらな一年が始まる元旦。

私は神宮司さんと近所の神社にお参りに行くために待ち合わせをしている。

あの事件から一カ月が経った。

私は精密検査を受け、三日後に退院し経過は良好だ。入院中も警察がやってきて事情を色々と聞かれた。仕事は二週間ほど休みをもらったが、出社したら飯田課長の席はもうなく、彼が犯人だったのだと強く実感した。

結局私があの事件に関わっていないということは、コツメカワウソの中のカメラの映像が物的証拠になった。飯田課長の犯行の瞬間がばっちり映っていたのだ。

隠されていたカメラについては、上層部が情報漏洩に気が付いて追加で設置したことになっていた。

それと同時に失ったはずの防犯カメラのデータが復元されていたのも大きかった。

そこには私や神宮司さんの姿は映っていなかったようだ。後から聞いた話では、ナギさんが〝いい感じ〟で尽力してくれたらしい。

いくつか引っかかるところはあるが、丸く収まるならば気にしないでおこう。

何度か警察や会社からの聞き取りがあり、十二月中は本当に慌ただしく過ごした。

事件のことを思い出すとつらいけれど、彼の存在が私に少しずつ日常と元気を取り戻してくれた。

とはいえ……これが付き合ってから初めてのデートってどうなの？

私もバタバタしていたけれど、それ以上に彼も忙しそうだった。情報漏洩先が某国の犯罪組織だったことと。そのことで警察だけでなく外務省などとのやり取りも発生したようで、毎日朝も夜もなく働いていた。

電話やメッセージのやり取りはあったが、警察庁での聞き取り以外で実際に顔を見るチャンスはなかった。

覚悟はしていたけれど、まさか一カ月も。

それでもこうやって〝約束〟ができることがうれしい。私はウキウキしながら彼との待ち合わせ場所である駅に向かった。

時間よりも十五分ほど早く着いた。駅は初詣《はつもうで》の客でごった返していて彼と出会えるか心配しながら改札を抜けた。

でもその心配が杞憂だとすぐにわかる。背が高くカッコいい彼は人混みの中にいても目立った。

「あけましておめでとうございます」

「あぁ。今年もよろしくな」

会った瞬間、彼が私の頭を優しく撫でた。

これは最高の一年の始まりだ。

「体の調子は？」

彼はいまだに私にケガを負わせたことを後悔しているらしく、何度もこうやって確認してくる。

「すごく元気ですよ」

「そうか、よかった。じゃあ行こうか」

彼が当たり前のように私と手を繋いだ。それだけで胸がいっぱいになる。もう一度こんな日がきたことに感謝する。

人並みに逆らわずにゆっくりと歩く。境内に続く道路はたくさんの露店が並んでいて私を誘惑してくる。

「キョロキョロしてたら危ないぞ」

「あ、はい」

しっかりと手を繋いで私を引っ張ってくれる彼の頼もしさに頬が緩んだ。

長い列に並んでやっとお参りを済ませた。

「お守りが欲しいんですけど、並んでもいいですか?」

隣にいる彼に尋ねると、どこか遠くを見ていた彼の表情が変わった。

「悪い。ここで並んで買って。買い終わったらそこで待っていて」

「あ、はい」

突然どうしたんだろう? そう思ったのは一瞬で、彼は人混みをかき分け走り出すと大学生くらいの男性を取り押さえた。

「痛い! なにするんだ」

「自分がよくわかっているだろう。立て」

無理やり立たせた男のバッグを奪うと、中身をその場に出した。するとたくさんの財布が中から出てきたのだ。

「あ、それ私の財布です!」

周りにいた四十代くらいの女性が声をあげる。その様子を見た人たちが自分たちの財布を確認し、被害者が次々に現れた。

私は目の前で起こったことに驚き、そしてやっぱり私の彼はカッコいいと心から思ったのだった。

結局、近所の交番に男を引き渡しもろもろの処理を終えると、夕方になっていた。邪魔になってはいけないと思い、私は予定通りお守りを買って近くのカフェで彼を待っていた。

連絡を受けてカフェの外に出た。すると白い息を吐きながら彼が走ってくる姿が見えた。

「すまない、今日はせっかくずっと一緒にいられる日だったのに。すっかり遅くなってしまった」

彼は本当に申し訳なさそうにしている。

「謝ることなんてないですよ。さすがだなって惚れ直しました」

私の言葉に彼は柔らかい笑みを浮かべる。

そんな彼に私は小さな白い封筒を手渡した。

「これ、どうぞ」

中身を早速確認している。

「健康祈願のお守り？」

「はい、ベタですけど。危険なこともあるでしょ？」

犯人を取り押さえる彼はカッコいいが、うまくいく時ばかりではない。彼の仕事にケガはつきものだから。

「ありがとう。大切にする」

彼はジッとお守りを見てうれしそうにしていた。並んで買った甲斐があるというものだ。

こんな日常の小さな幸せでいい。きっとこういう積み重ねが大きな幸せに繋がるのだから。


すっかり日が暮れてしまったけれど、当初の予定通り彼の部屋を訪ねた。

実は結構緊張している。彼の仕事柄、秘密が多いのは仕方がないとわかっている。だからこそ彼のプライベートが垣間見える自宅訪問はすごく特別なことだ。

駅から近い八階建てマンションの五階。２ＬＤＫの部屋には物があまりなく、リビングには座り心地のよさそうな布張りのソファがあった。ローテーブルの上にはノートパソコンと本が何冊かのっている。床にはダンベルがあって、日頃から体を鍛えているのだろうとうかがえた。

しかしそれ以外はテレビすらない、本当に物が少なくてシンプルだ。

私が来るので部屋を前もって暖めてくれていたようだ。そういう気遣いひとつににやけてしまう。

「広いですね」

「そうだな、寝に帰るだけだから贅沢だと思ったけど。でもこれからは葵が遊びにきてくれるから、無駄にならないな」

「あの、いっぱい遊びにきます！」

うれしくて思わず大きな声が出た。そんな私の頭を撫でる彼の目が優しい。

「悪いな。かなり遅くなったな」

彼が腕時計をちらっと確認した。

「いいえ。新年早々いいことしたので、きっと神様も褒めてくれますよ」

犯人を捕まえる彼のカッコいいところを見られたから、謝ってもらう必要なんてない。もちろん犯罪は、ないにこしたことはないけれど。

「葵が言うなら、きっとそうなんだろうな」

彼が楽しそうに笑ったので、私もうれしくなる。

「飯用意するから、そこらへんに座ってて」

彼はリビングにあるソファを指さしたが、私は首を横に振る。

「一緒に作ります。その方が早いし」

本当は近くにいたいからだけれど、それをストレートに言うのは恥ずかしい。

「たしかにそうだな。じゃあ頼もうかな」

私の部屋よりも設備の整ったキッチン。その上、物が少ないので広く感じる。

キッチンカウンターに先ほどふたりで買ってきた鍋の材料を並べた。一年中開いている二十四時間営業のスーパーが近くにあってとても便利だ。

「さて、作るか」

腕まくりをした彼の隣に立って、私は彼の包丁さばきを眺める。

「想像より、ずっと上手ですね」

「まぁ、高校卒業して寮生活以外はずっとひとりで暮らしているからな」

体が資本の仕事だから、気を遣っているのだろう。

「でも簡単なものしかできないぞ。あんまり期待するな」

そんなことを言いながら彼が作ってくれた寄せ鍋は、なにか秘訣があるのだろうかとても美味しかった。

立ち上る湯気の向かいに見える神宮司さんの表情が柔らかくて、犯人に立ち向かう時の鋭い表情は想像できない。

こうしていると、当たり前だけど普通の生活を送っているんだって実感する。それと同時に安心もした。

ふたりで片づけを終えて、彼の淹れてくれたコーヒーをソファに並んで飲む。温かいコーヒーに息を吹きかけて冷ましながら、ちらっと彼の方を見る。

「どうかした？」

「いえ、あの……なんかデザート買っておけばよかったなぁって」

さすが警官、こういうちょっとした視線にもすぐに気が付く。ただジッと見ていたというのも恥ずかしくて適当にごまかした。

「たしかにそうだよな。俺も食べたいって思っていたところ」

「じゃあ、買いに行きますか？」

最近はコンビニのスイーツもとても美味しい。誘ってはみたものの彼は首を横に振った。

「いいや、俺のはあるから。ここに」

彼は私を指さした。

「え……えぇ？」

最初なにを言っているのかと思ったけれど、すぐに彼の言いたいことを理解して顔が熱くなる。

それって、そういうことだよね？　私の中で出した答えが正解だと言わんばかりに、彼が私の手をギュッと握ってきた。

「これでも俺、結構我慢してるんだけど」

「いや、あの……はい」

彼の手が伸びてきて、私の頬に触れた。

「葵を愛しぬくって決めた時に、幸せにするって決心した。だから嫌ならちゃんと言ってほしい」

真剣なまなざしに見つめられるだけで、胸がドクンと高鳴った。彼が私に向ける欲望も優しさも両方とも受け止める。

彼が私を思うどんな気持ちも、私にとっては大切なものだから。

「嫌じゃないです。私もあなたを幸せにしたいと思っているから」

私が言い終わると同時に、彼に強く抱きしめられた。

彼の体温を感じて彼の匂いに包まれる。心臓がドキドキとうるさいくらい音を立てている。

私は彼を受け入れる意志を伝えるために、彼の背中に手を回してギュッと抱きしめ返す。

「葵……」

彼が私の髪に顔をうずめて少し掠れた声で名前を呼んだ。ただそれだけなのに体が熱くなる。

彼が優しく私の頬に手を添えて上に向かせる。すぐ近くに彼の顔がある。お互いに視線を絡ませ、その瞳の中に思いを伝え合う。

気持ちってこんな風に伝わるんだ……。

私はキスの予感に目を閉じた。

柔らかい唇が重なる。初めは触れるだけのキスだったのに、すぐに深いキスへと変わっていく。

「んっ……」

鼻から抜けるような声が自然とこぼれ出た。しかし恥ずかしく思う暇もないほど彼からのキスに翻弄される。

息継ぎのために薄く口を開くと、それを狙ったかのように彼の舌が滑り込んでくる。

驚いたのも束の間、私は彼に応えるのに必死になっていた。

「……葵、悪い。こんなところで」

「い、いえ」

息を整えながら返事をした。しかし次の瞬間、私は彼に抱き上げられたのだ。

「えっ、待って。下ろしてください。私、重いから」

焦って足をバタバタさせた。しかし彼は私の必死の抵抗なんてまったく気にもしていない。

「葵を抱き上げられないほど、やわじゃない」

それはそうだろう。抱き上げられている私は今まさに、彼の鍛え上げられた体を感じている。

「で、でも――」

「いいから、黙って。この時間も惜しいくらい、葵が欲しいんだ」

そんなこと言われたら、もうなにも言えない。

静かになった私を、無言のまま彼が運ぶ。

寝室のドアを開けた彼は、すぐに私をベッドに優しく置いた。

チャコールグレーのカバーのかかった、大きめのベッド。彼の立派な体を支えるのならこのくらいの広さが必要なのだろうなとふと思う。

軽く現実逃避しないと、いてもたってもいられないくらい落ち着かない。

その時、彼が電気をつけようとしているのに気が付いた。

「待って、つけないで」

「ど、どうして？」

まさか質問で返されると思っていなくて、返事に困る。

「明るくないと、葵の全部が見えない」

「それが困るんです……私、こういうの慣れてないので」

いい歳した大人が、こんなことで動揺して恥ずかしい。だけどやっぱり無理なものは無理なのだ。

「わかった。じゃあここのライトだけ」

彼はそう言ってベッドサイドのランプに明かりをともした。

「真っ暗だと、表情もわからないだろう。葵を不安にさせたくない」

たしかになにも見えないのは、それはそれで心配になる。彼は私のことも考えてくれている。彼にならすべてを見せても大丈夫だと思えた。

「葵、丁寧にするつもりだけど……俺も暴走する可能性がある。だから、嫌なことは嫌だとはっきり言ってほしい」

「わかりました。でも……私はあなたの全部を受け止めるつもりです」

私の気持ちを伝えると、彼は大きな手のひらで自身の目元を覆っていた。

「そんな風に、煽《あお》らないでくれ。優しくできなくなる」

そう言うや否や、彼は私をゆっくりと押し倒した。そしてそのまま首筋に唇を這《は》わす。組み敷かれた私は、そのまま彼を受け入れるしかできない。

じっくりと味わうように彼が全身に口づけをすると、私の体は驚くほど正直に反応をする。

体の奥が熱くなり、芯から溶かされていくようだ。気が付けば私も彼も、一糸まとわぬ姿になっていた。

お互いの肌を触れ合わせて、体温を共有する。彼の体も熱くなっているのを感じ、そうさせているのが自分だと思うと、言いようのない感情が湧き上がってきた。

彼の髪に指を差し入れ、ギュッと抱きしめた。

この湧き上がるような愛しさを、彼に伝えたい。その一心だった。

「葵、痛かったら言って」

彼の言葉に頷くと、優しく目尻に小さなキスが落ちてきた。

その後のことは……よく覚えていない。夢中で彼の愛を受け入れた。汗ばむ彼の背中に爪を立てて、どうにか快感から逃げようともがく。

しかし彼はそんな私を逃がしてはくれず、どんどんと高みに押し上げていった。

「葵っ」

耳元で熱い吐息交じりの声が響いた。目の前が真っ白になった私は必死に彼の背中に腕を回して愛情の波の中を漂った。

「葵、そろそろ顔を見せて」

「で、でも」

呼吸が落ち着く頃になると、途端に恥ずかしさが湧き上がってきた。私は布団の中にもぐって絶賛かくれんぼ中だ。

途中のことをあまり覚えていない。

私、変じゃなかったかな？

経験があまりないので、彼にすべて任せていた。彼はどう思っただろうか。

「葵、俺は君のかわいい顔が見たい」

甘く催促されると、いつまでも隠れているべきじゃないと、顔を出す。

「出てきたな」

彼に視線を向けると、肘をついてこちらをジッと見ていた。

「は、恥ずかしくて」

「それがいいんだろう。俺はもっと見たい」

「う……意地悪ですよ」

「心外だな。かわいがってるんだ」

彼の手が伸びてきて私をギュッと抱きしめた。

「やっと手に入れた宝物だから、こうやってずっと大切にする」

「はい。よろしくお願いします」

彼の胸に顔をつけて、幸せをかみしめた。

好きな人とベッドで過ごす時間がこんなに素敵だなんて思わなかった。恥ずかしさを越えたら、穏やかな時間が流れる。

ふと初詣で彼がなにをお願いしていたのか気になった。

「ねぇ、神様になにお願いしたんですか？」

「ん、ありきたりなことかな。世界平和」

彼は私の髪を優しくすきながら、教えてくれた。

「警察官らしいですね」

「そうか？」

彼が私の顔を覗き込み、腕を自然に私の背中に回した。

「俺、神様じゃなくて。葵にお願いがあるんだけど」

「なんでもいいですよ。私にできることなら」

私は彼の目をまっすぐに見つめる。

「葵じゃなきゃできないことだ」

どんなことだろう。想像がつかなくて彼の言葉を待つ。

「俺の名前を呼んでほしい」

「え……神宮司さん？　あ、もしかして了介さん？」

たしかにそろそろ下の名前で呼んでもいいかもしれない。ちょっと恥ずかしいけれどこれはこれでいい。

「いや、実はそれ本名じゃない」

「え」

気まずそうに彼が一瞬、目を泳がせた。

「え、えええええ！」

さっきまでのいい感じのムードを台無しにする声をあげてしまった。だって仕方ない。誰だって私と同じくらい驚くだろう。

「悪い、ずっと言いそびれてた」

申し訳なさそうにする彼を見て、これ以上責めても仕方ないと思う。

「あの、本当のお名前教えてください」

私が尋ねると、彼はもったいつけるように私の耳に口を寄せた。

「――」

初めて聞くその響きを私は繰り返す。

すると彼は、今彼の名前を紡いだばかりの唇にキスをした。

「葵、もっと、もっと、俺を呼んで」

「はい」

私は繰り返し彼の名前を呼ぶ。その数だけ彼が甘いキスを私に落とした。

偽りから始まった私たちふたりの関係。それが今日またひとつ本物になっていく。

「愛してる、葵」

私も同じように、彼の名前を呼んで愛を告げた。

END

ファンレターのあて先

〒104-0031
東京都中央区京橋1-3-1
八重洲口大栄ビル7F
スターツ出版株式会社　書籍編集部　気付

本書へのご意見をお聞かせください

お買い上げいただき、ありがとうございます。
今後の編集の参考にさせていただきますので、
アンケートにお答えいただければ幸いです。

下記URLまたはQRコードから
アンケートページへお入りください。
https://www.berrys-cafe.jp/static/etc/bb

ベリーズ文庫

スパダリ職業男子～航空自衛官・公安警察官編～
【ベリーズ文庫溺愛アンソロジー】

2024年1月10日　初版第1刷発行

著　者　惣領莉沙　©Risa Soryo 2024
　　　　高田ちさき　©Chisaki Takada 2024
発行人　菊地修一
デザイン　hive & co.,ltd.
校　正　株式会社鷗来堂
発行所　スターツ出版株式会社
〒104-0031
東京都中央区京橋1-3-1　八重洲口大栄ビル7F
TEL　出版マーケティンググループ　03-6202-0386
(ご注文等に関するお問い合わせ)
URL　https://starts-pub.jp/
印刷所　大日本印刷株式会社

Printed in Japan

乱丁・落丁などの不良品はお取替えいたします。
上記出版マーケティンググループまでお問い合わせください。
定価はカバーに記載されています。

ISBN 978-4-8137-1525-2　C0193

ベリーズ文庫 2024年1月発売

『クールな御曹司の溺愛は初恋妻限定～愛が溢れたのは君のせい～』 滝井《たきい》みらん・著

平凡OLの美雪は幼い頃に大企業の御曹司・蒼の婚約者となる。ひと目惚れした彼に近づけるよう花嫁修業を頑張ってきたが、蒼から提示されたのは1年間の契約結婚で…。決して愛されないはずだったのに、徐々に独占欲を垣間見せる蒼。「君は俺もの」――クールな彼の溺愛は溢れ出したら止まらない…!?

ISBN 978-4-8137-1524-5／定価770円（本体700円＋税10%）

『スパダリ職業男子～航空自衛官・公安警察官編～【ベリーズ文庫溺愛アンソロジー】』 惣領莉《そうりょうり》沙《さ》、高田《たかだ》ちさき・著

人気作家がお届けする、極上の職業男子たちに愛し守られる溺甘アンソロジー！　第1弾は「惣領莉沙×エリート航空自衛官からの極甘求婚」、「高田ちさき×敏腕捜査官との秘密の恋愛」の2作品を収録。個性豊かな職業男子たちが繰り広げる、溺愛たっぷりの甘々ストーリーは必見！

ISBN 978-4-8137-1525-2／定価770円（本体700円＋税10%）

『熱情滾るCEOから一途に執愛されています～大嫌いな御曹司が極上旦那様になりました～』 砂川雨路《すながわあめみち》・著

華道家の娘である葵は父親の体裁のためしぶしぶお見合いにいくと、そこに現れたのは妹と結婚するはずの御曹司・成輔だった。昔から苦手意識のある彼と縁談に難色を示すが、とある理由で半年後の破談前提で交際することに。しかし「昔から君が好きだった」と独占欲を露わにした彼の溺愛猛攻が始まって…!?

ISBN 978-4-8137-1526-9／定価748円（本体680円＋税10%）

『怜悧な御曹司は秘めた激情で政略花嫁に愛を刻む』 冬野《とうの》まゆ・著

社長令嬢の詩織は父の会社を救うため、御曹司の貴也と政略結婚目的でお見合いをこじつける。事情を知った貴也は偽装婚約を了承。やがて詩織は貴也に恋心を抱くが彼は子ども扱いするばかり。しかしひょんなことから同棲開始して詩織はドキドキしっぱなし！　そんなある日、寝ぼけた貴也に突然キスされて…。

ISBN 978-4-8137-1527-6／定価748円（本体680円＋税10%）

『冷徹エリート御曹司の独占欲に火がついて最愛妻になりました』 ねじまきねずみ・著

OLの茉白が大手取引先との商談に行くと、現れたのはなんと御曹司である遙斗だった。初めは冷徹な態度を取られるも、懸命に仕事に励むうちに彼が甘い独占欲を露わにしてきて…!?　戸惑う茉白だったが、一度火のついた遙斗の愛は止まらない。「俺はあきらめる気はない」彼のまっすぐな想いに茉白は抗えず…！

ISBN 978-4-8137-1528-3／定価759円（本体690円＋税10%）